AF610000

HISTOIRE

DU

BOULEVARD DU TEMPLE

8° Z Le Senne 6975

TYPOGRAPHIE MORRIS ET COMPAGNIE
RUE AMELOT, 64

HISTOIRE

DU

BOULEVARD DU TEMPLE

DEPUIS

SON ORIGINE JUSQU'A SA DÉMOLITION

PAR

THÉODORE FAUCHEUR

PARIS

E. DENTU, ÉDITEUR

LIBRAIRE DE LA SOCIÉTÉ DES GENS DE LETTRES

Palais-Royal, 13 et 17, galerie d'Orléans

1863

— TOUS DROITS RÉSERVÉS —

PRÉFACE

J'ai pensé qu'il serait agréable au public, lorsque la partie la plus importante du boulevard du Temple, celle qui faisait sa spécialité, vient de disparaître, et que les souvenirs sont encore récents, de connaître l'histoire de ce boulevard depuis son origine jusqu'à sa démolition.

Son règne finissant avec sa spécialité, dès lors il rentre dans la classe commune des voies publiques, et n'est plus qu'une grande rue peuplée, comme tant d'autres, de hautes maisons, de boutiques et plantée d'arbres. Il m'a fallu remonter haut dans l'histoire pour poser le principe du nom du boulevard du Temple, et celui de son genre tout particulier.

J'ai dû parler des théâtres plus que de toute autre chose, par la raison que les théâtres ont seuls, pendant longtemps, garni cette promenade, dont, seuls, ils ont fait la réputation.

Afin d'éviter la sécheresse et la monotonie presque inhérentes à un pareil sujet, j'ai cité, çà et là, des faits, ou qui se sont passés sur ce boulevard, ou qui s'y rattachent par leur nature.

Puissé-je avoir atteint le but que je me suis proposé : satisfaire le public en lui faisant passer quelques heures sans trop d'ennui et mériter sa bienveillance, je m'estimerai heureux.

I

La seul' prom'nade qu'ait du prix,
La seule dont je suis épris,
La seule où j' m'en donne, où c' que j' ris,
C'est l' boulevard du Temple, à Paris.

DÉSAUGIERS.

Origine du nom : Boulevard du Temple.

En l'an de grâce 1095, le roi Philippe Ier, malgré l'excommunication dont l'avait frappé le pape Urbain pour son mariage avec Bertrade, laissa se former l'un des plus célèbres ordres religieux militaires, qui, de France, se répandit dans toute l'Europe : l'ordre des Templiers, fondé par neuf gentilshommes français. Ces nobles religieux se vouèrent à la réception, au service des pèlerins de la Terre-Sainte, et, de religieux soldats qu'ils étaient d'abord, devinrent bientôt rois, souverains. Le siége de leur établissement monastique fut fixé à l'extérieur de Paris, côté nord, dans un vaste terrain entouré de murs.

Le chemin qui conduisait de la cité à ce monastère était nommé route du Temple ou rue du Temple.

Un Capétien avait vu naître l'ordre des Templiers, un

Capétien devait, deux siècles plus tard, ternir son règne par la destruction de cet ordre.

Les Templiers, composés seulement de gentilshommes, pouvaient, dans les occasions difficiles, donner le ton au reste de la noblesse du royaume. Comme ils possédaient de grands biens, objets de convoitise du clergé et de Philippe IV, leur perte fut résolue.

Le 13 octobre 1307, le grand maître de l'ordre, Jacques de Molay, est arrêté à Paris avec soixante chevaliers, et à la même heure, par toute la France, tous les Templiers sont saisis. Pour justifier cette violence, une accusation de crimes affreux, à peine croyables de quelques particuliers, à plus forte raison d'un corps religieux et militaire, est répandue dans le public : abjuration de la foi, orgies libertines, cérémonies infâmes accompagnées d'infanticides, enfin toutes les superstitions insensées et révoltantes, les excès de la débauche la plus effrénée, les rites bizarres des hérétiques, rien n'est épargné pour attirer les châtiments les plus sévères sur les Templiers.

Cinquante-neuf prisonniers, dont on avait obtenu des confessions flétrissantes par la force des tourments et en leur promettant leur grâce, sont jugés comme relaps et condamnés à la peine du feu. Malgré leurs protestations d'innocence, ils subissent leur sentence dans un champ proche de l'abbaye Saint-Antoine ; beaucoup d'autres sont condamnés à la même peine sans avoir fait le moindre aveu ; d'autres enfin prennent la fuite, et, de tous les côtés, les biens sont confisqués.

Ces terribles exécutions détruisaient les membres de cette communauté, mais il fallait une sentence solennelle pour abolir l'ordre. Dans un concile qui se tint à Vienne, pape Clément crut y parvenir aisément; mais lorsqu'il proposa d'abolir un ordre composé de la principale noblesse des États chrétiens, qui avait rendu de grands services, il trouva une résistance à laquelle il était loin de s'attendre, et, ne pouvant prononcer juridiquement contre les Templiers, il dit avec humeur : « La plénitude » de la puissance pontificale suppléera à tout ; je les con- » damnerai par voie d'expédient, plutôt que de mécon- » tenter mon cher fils le roi de France, et quoique nous » n'ayons pas prononcé la sentence selon les formes de » droit, nous supprimons l'ordre des Templiers par pro- » vision et par l'autorité apostolique, nous réservant et » à la sainte Église romaine, la disposition des personnes » et des *biens* des Templiers (1). »

Ce jugement, quoique provisionnel, eut toute la force d'un arrêt définitif : l'ordre fut pour toujours aboli, les biens furent dispersés entre plusieurs mains, et le pape et Philippe ne s'oublièrent pas. On assure qu'une des raisons de la conduite du roi dans cette cruelle affaire fut qu'un jour, étant menacé par le peuple pour les impôts et l'altération des monnaies, ce qui lui fit donner le surnom de *faux monnayeur*, il se réfugia chez les Templiers, dont les efforts ne purent le préserver des insultes des mécontents ; il crut trouver du mauvais vouloir dans la conduite de ces religieux ; de ce moment, il leur jura une haine implacable.

De tous les malheureux chevaliers renfermés dans les

(1) *Histoire de France.*

cachots au moment de leur proscription, il ne restait plus en France que Jacques de Molay, grand maître de l'ordre, qui avait été parrain de l'un des enfants du roi ; Guy, grand prieur de Normandie, frère du dauphin d'Auvergne; Hugues de Péralde, grand visiteur de France, et le grand prieur d'Aquitaine, qui avait été directeur des finances du royaume. Le pape consentait à s'adoucir en leur faveur, mais à la condition qu'ils feraient en public les aveux que les tourments leur avaient arrachés. Un échafaud est dressé dans le parvis Notre-Dame; les quatre principaux personnages de l'ordre sont amenés en présence du peuple et placés sur cet échafaud ; près d'eux, des bourreaux construisent un bûcher pour les avertir du sort qui les attend s'ils ne remplissent pas les conditions qu'on leur a imposées... L'aveu qu'ils ont fait des abominations de leur ordre est lu à haute voix ; un des ministres de Rome les somme de confesser en public les crimes qu'ils ont avoués secrètement devant les juges. Alors le grand maître, vénérable vieillard, s'avance sur le bord de l'échafaud, secouant les chaînes dont il est chargé, et, regardant le bûcher d'un air de dédain, il dit : « L'affreux spectacle qu'on me présente n'est point » capable de me faire confirmer un premier mensonge par » un second ; j'ai trahi ma conscience, il est temps que » je fasse triompher la vérité. Je jure donc, à la face du » ciel et de la terre, que tout ce qu'on vient de lire des » crimes et de l'impiété des Templiers est une horrible » calomnie; c'est un ordre saint, juste, orthodoxe; je » mérite la mort pour l'avoir accusé à la sollicitation du » pape et du roi... Que ne puis-je expier ce forfait par

» un supplice plus terrible que celui du feu, je n'ai que » ce seul moyen d'obtenir la pitié des hommes et la mi- » séricorde de Dieu (1). »

Guy, grand prieur de Normandie, tint le même langage, les deux autres n'osèrent renier leurs aveux. La surprise des juges, des délégués du pape et de leurs suppôts fut extrême. Le roi assembla précipitamment son conseil, et, sans être entendus de nouveau, ces deux nobles chevaliers furent condamnés, comme hérétiques relaps, au supplice du feu. La sentence fut exécutée le lendemain dans l'île du Palais... Au milieu des flammes et jusqu'au dernier soupir, ils protestèrent de leur innocence, et citèrent le roi et le pape au tribunal de Dieu : Clément, dans quarante jours, et Philippe, dans l'année. Le peuple, témoin de la constance de ces deux martyrs, donna des larmes à leur fin tragique, car il les crut innocents; et ce qui confirma encore leur opinion, ce fut la mort de Clément et du roi, qui arriva au terme marqué par leurs victimes. Telle fut la fin terrible de l'ordre des Templiers, origine du nom du quartier et du *boulevard du Temple*.

En 1389, sous Charles VI, Étienne Mareil fit élever, à l'extrémité du clos des Templiers, côté nord, une porte qui prit le nom de *porte du Temple*. C'était une sorte de bastille protégée par un large fossé et par un ouvrage considérable bâti à l'extérieur, et qu'on nommait bastion.

Deux siècles après, en 1525, du temps de François Ier,

(1) *Histoire de France.*

l'enceinte côté nord s'étendit jusqu'à la ligne des boulevards actuels; un large et profond fossé fut creusé en forme de remparts, il s'étendait de la porte Saint-Antoine à la porte du Temple; 16,000 pionniers y travaillèrent. Mais ce rempart n'en était pas un contre les voleurs, car le 16 juin 1631, le procureur général du roi se plaint au parlement « d'assemblées illicites, de voies de fait, de » violences, meurtres, assassinats, qui se font entre les » portes Saint-Antoine et du Temple. » Le parlement reproche aux officiers du Châtelet leur négligence, qui fait qu'il n'y a « sûreté dans Paris ni le soir ni la nuit. » Les pages, les laquais volaient à main armée; et pouvait-il en être autrement, quand les grands seigneurs donnaient les premiers l'exemple? Gaston d'Orléans, au sortir d'une orgie, s'embusqua sur le pont Neuf et détroussa les passants (1).

L'accroissement continuel de Paris ayant fait couvrir de maisons l'enclos du Temple et le marais, un boulevard fut commencé à partir de la porte Saint-Antoine jusqu'à la rue des Filles-du-Calvaire, il se nommait *cours*... Louis XIV, en 1670, par un arrêt en date du 7 juin, ordonna la continuation de ce boulevard jusqu'à la porte Saint-Martin; les fossés furent comblés, on planta des arbres, et un rempart fut élevé. Alors l'ancienne porte du Temple fut démolie; mais, quatorze ans plus tard, le roi, par un autre arrêt du conseil d'État, ordonna la reconstruction de cette porte au delà du rempart.

(1) *Histoire de Paris.*

Ainsi commença le boulevard du Temple, qui, à l'exemple des Templiers, devait acquérir une célébrité bien différente, il est vrai, mais tout aussi remplie d'intérêt.

II

Naissance du théâtre en France.

La basoche, cette ancienne juridiction, école et pépinière des gens de justice de tous grades et de tous rangs, doit son institution à Philippe le Bel. C'est au sein de cette compagnie, au commencement du seizième siècle, qu'est né l'art dramatique en France et le goût des représentations théâtrales.

C'est là que sont éclos nos spectacles nationaux, car très-probablement ces messieurs connaissaient fort peu le grec, ne pratiquaient que le latin corrompu du moyen âge, et ignoraient *Thespis*, *Eschyle*, *Sophocle*, *Euripide* et leurs œuvres. Ce fut donc une véritable création dont tout l'honneur appartient à l'époque.

Il y avait alors au Palais de Justice une salle d'une vaste dimension, appelée la *Salle de la Table de Marbre*. Cette salle et cette table immense, destinées aux réceptions solennelles des têtes couronnées, aux fêtes et aux banquets royaux, servaient, à diverses époques de l'année, de *théâtre* aux clercs de la basoche, qui prenaient un grand plaisir à jouer, devant une nombreuse assemblée, des scènes comiques ou satiriques, qu'ils offraient au public sous les noms de *farces*, *soties*, *mystères*, *moralités*, *sermons*, dont ils étaient, tout à la fois, les auteurs et les acteurs. L'argent qu'ils retiraient des spectateurs, qui payaient un droit d'entrée, était destiné à couvrir les frais occasionnés par le spectacle et le festin auxquels assistaient les acteurs et les officiers de la basoche.

Leurs pièces étaient une censure très-hardie et très-amère des mœurs publiques, et même des personnes, dans un langage qui ne pouvait être admissible que dans ces temps grossiers et à demi sauvages. Bientôt la basoche du Châtelet imita celle de la Cour des Comptes, et représenta des *mystères* et des *pastorales*.

Vers l'an 1380, sous Charles VI, il y avait, au coin de la rue Saint-Denis et de la rue Grenetat, un *hôpital de la Trinité* administré par des moines ; ces bons pères louèrent la plus grande salle de leur hôpital à une troupe de comédiens prenant le titre de *Confrères de la Passion de Notre-Seigneur Jésus-Christ*, pour donner des représentations. Tel fut le principe des théâtres permanents.

Avant ce temps, on avait vu quelques spectacles ambulants de jongleurs, chantant et s'accompagnant sur la vielle et le violon ou *rébec;* des baladins faisant danser des singes ou autres animaux, et des faiseurs de tours de force ou d'adresse; on vit surtout des *funambules*, ou danseurs-sauteurs de corde.

Des *scènes tragiques* sur les miracles ou le martyre de quelques saints se jouaient aussi dans divers couvents, au jour de la fête patronymique de ce saint. Mais, avant l'établissement de la *confrérie* de la rue Saint-Denis, on n'avait jamais vu, à Paris, un théâtre où l'on jouât une action dramatique en langue française, à l'exception, bien entendu, des clercs de la basoche, qui furent les créateurs du théâtre en France.

III

Le boulevard du Temple primitif.

Voici enfin l'ère primitive de ce boulevard, qui fit si longtemps les délices des Parisiens, de ce boulevard qui, au milieu des événements de toutes sortes dont la capitale de la France fut le théâtre, malgré tous les changements que subit le pays dans l'espace d'un demi-siècle, resta fidèle à sa spécialité, à son origine.

L'avenue qui longeait l'ancien enclos des Templiers, à partir de la rue des Filles-du-Calvaire jusqu'à la porte du Temple, et qui fut plantée d'arbres en 1670, avait quitté son nom de *cours*, pour prendre celui de *boulevard du Temple.*

Le duc de Vendôme venait de faire élever un superbe hôtel sur les terrains formant l'angle de la rue et du boulevard du Temple, lorsque, vers 1758, les bateleurs, attirés sur ce boulevard par le public, qui semblait le choisir comme promenade favorite, commencèrent à y faire des parades. Un sieur Gaudon, qui tenait une baraque à la foire Saint-Germain, l'une des plus anciennes de Paris, car elle remonte aux lettres-patentes accordées par Louis XI à l'abbé de Saint-Germain des Prés, en date du mois de mars 1482, cette foire s'ouvrait le 3 février et durait jusqu'au dimanche des Rameaux ; on y comptait quatre salles de spectacle, une salle de danse ou Vauxhall ; le sieur Gaudon, qui avait pour associé un nommé Restier, fut le premier qui éleva une baraque sur le nouveau boulevard (à l'emplacement qu'occupaient les Folies-Dramatiques). L'année suivante, il vendit sa baraque à un appelé Faure.

Dans la troupe de Gaudon était un arlequin du nom de *Nicolet*, lequel avait un fils, pitre de la troupe; désireux de tenter la fortune, le jeune pitre Nicolet loua à Faure la salle du boulevard du Temple, dans l'intention d'y donner un spectacle de fantoccini pareil à celui de Servandoni, sous Henri III. Nicolet ouvrit sa petite salle, sorte de théâtre forain, en 1760...

Encouragé par le succès, le jeune directeur, en 1764, loua un terrain à côté de l'endroit qu'il occupait, y fit construire une salle de spectacle en bois, non sans rencontrer de grands obstacles. D'abord il lui fut défendu d'élever son théâtre plus haut que les remparts, ensuite le terrain inégal, les fossés qu'il dut combler, furent sur le point de le faire renoncer à son entreprise; mais il ne perdit pas courage, pressentant que sa fortune était là.

et triompha de toutes les difficultés. Trois années plus tard, il devenait propriétaire du terrain (c'était l'emplacement occupé par la Gaîté).

Sur la façade du théâtre Nicolet on lisait : *Salle des Grands-Danseurs*. On y représentait des pantomimes, on y voyait des sauteurs, des danseurs de corde; les alcides les plus étonnants, les équilibristes les plus adroits déployaient leurs talents; c'était *toujours de plus fort en plus fort chez Nicolet;* aussi faisait-il salle comble.

En 1767, Nicolet fit l'acquisition d'un acteur qui devint bientôt l'admiration de tous les Parisiens : c'était un singe savant, qui exécutait avec beaucoup d'intelligence des scènes bouffonnes. Quelque temps après les débuts de Molé à la Comédie Française, cet acteur étant tombé malade, l'idée vint à Nicolet d'affubler son singe d'une robe de chambre, d'un bonnet de nuit avec un ruban jaune, de pantoufles, et de faire jouer à cet animal le personnage du comédien moribond; le singe se donnait des airs, faisait des mines, et cherchait à exciter la commisération publique. Son succès fut si grand qu'il inspira au chevalier de Boufflers les couplets suivants, qui ne sont pas d'une force prodigieuse pour un académicien.

Quel est ce gentil animal,
Qui, dans ce jour de carnaval,
Tourne à Paris toutes les têtes
Et pour qui l'on donne des fêtes?
Ce ne peut être que *Molet* (1)
Ou le singe de Nicolet.

(1) L'auteur a changé l'orthographe de ce nom pour la rime.

Vous eûtes, éternels badauds,
Vos pantins et vos Ramponneaux ;
Français, vous serez toujours dupes.
Quel autre joujou vous *occupe* ?
Ce ne peut être que Molet
Ou le singe de Nicolet.

De sa nature cependant
Cet animal est impudent ;
Mais, dans ce siècle de licence,
La fortune suit l'impudence
Et court du logis de Molet
Chez le singe de Nicolet.

Il faut le voir sur les genoux
De quelques belles aux yeux doux,
Les charmer par sa gentillesse,
Leur faire cent tours de souplesse ;
Ce ne peut être que Molet
Ou le singe de Nicolet.

Si la mort étendait son deuil
Ou sur Voltaire ou sur Choiseuil,
Paris serait moins en alarmes
Et répandrait bien moins de larmes
Que n'en ferait verser Molet
Ou le singe de Nicolet.

Peuple ami des colifichets,
Qui porte toujours des hochets,
Rends grâces à la Providence,
Qui, pour amuser ton enfance,
Te conserve aujourd'hui Molet
Et le singe de Nicolet.

La fortune rend audacieux ; Nicolet, encouragé par la prospérité, remplaca bientôt ses marionnettes par des acteurs vivants, et aux exercices du singe, aux danses de corde, joignit de petites pièces comiques de la composition d'un sieur *Taconnet*, doué d'un talent original et fécond, et qui, par ses parodies, ses farces, ses parades pleines d'une gaieté populaire et communicative, mérita le surnom de *Molière du boulevard.*

Taconnet était un grand buveur dans toute l'acception du mot, et ne connaissait pas de preuves plus manifestes à donner de son dédain que de dire : « Je te méprise » comme un verre d'eau. »

Un jour que Taconnet était attablé chez Ramponneau avec son ami Constantin, autre buveur aussi intrépide que lui, ils parièrent tous les deux de mettre à sec un tonneau de 120 bouteilles sans désemparer... Le tonneau est roulé dans la salle, et les deux buveurs se mettent à l'œuvre, s'excitant par des mots plaisants, des réparties comiques, à boire... Les deux tiers de la pièce de vin sont avalés, c'est-à-dire 80 bouteilles, mais Constantin commence à perdre l'équilibre ; Taconnet tient bon; pourtant, après une dizaine de fioles vidées de nouveau, il est obligé de demander une trêve d'une heure, qui est accordée... Jugeant qu'il y a danger de continuer le combat, les adversaires des deux champions déclarent la séance levée, et vident le reste de la futaille par humanité pour leurs camarades vaincus. Constantin mourut des suites d'une orgie rentrée... Taconnet, en moins de dix ans, composa plus de soixante pièces, dont les plus renommées sont : *les Aveux indiscrets*, *les Bonnes Femmes mal nommées*, *le Savetier gentilhomme*, *les Ahuries de Chaillot*, *Riquet à la houppe*, *la Mort du bœuf gras*, *le Baiser donné et rendu*, *la Belle Bourbonnaise*. Cette dernière fut faite sur la chanson de ce nom, alors fort à la mode, et dont l'auteur était l'abbé Latteigrant, chanoine de Reims.

Les succès continus, les gentillesses du singe de Nicolet, et les traits licencieux dont ses pièces étaient remplies, attirant une grande affluence au théâtre des Grands-Danseurs, excita la jalousie des directeurs de l'Opéra, qui firent interdire la parole aux acteurs de Nicolet et les réduisirent à jouer la pantomime. Mais cet ordre ne fut pas longtemps en vigueur, et les acteurs de Nicolet retrouvèrent l'usage de la parole.

Pourtant la fortune commençait à devenir capricieuse, lorsqu'en 1770 un incendie détruisit ce spectacle. Nicolet le fit rebâtir aussitôt, et en faveur d'une représentation qu'il avait donnée à Choisy devant le roi et Mme Dubarry, il obtint la permission de mettre sur la façade : *Théâtre des Grands-Danseurs du Roi*. Dès lors son répertoire se composa d'ouvrages à spectacle et d'arlequinades montés avec un grand luxe ; les entr'actes étaient remplis par des tours de force et d'équilibre. Cinq ans plus tard, un nouveau revers vint frapper Nicolet : son auteur de prédilection, celui à qui il devait une partie de sa fortune, Taconnet, à la suite d'une blessure qu'il s'était faite à la jambe, mourut à l'âge de quarante-cinq ans. C'était une perte irréparable pour le directeur ; la vogue diminua à son théâtre, et il ne parvint à ramener la foule qu'en faisant venir d'Espagne des faiseurs de tours de force d'une adresse prodigieuse.

La deuxième baraque qui s'ouvrit fut le *Théâtre des Associés*. Voici son origine :

Vers 1759, un bateleur dont la physionomie grotesque exprimait d'une manière hideuse, mais caractéristique, différentes sensations, acquit sur le boulevard du Temple le surnom de *grimacier*. D'abord il se montra en public sur une chaise et s'abandonna à la générosité de son auditoire ; sa dernière grimace était toujours celle de la supplication, et souvent son escarcelle était remplie. Voyant que la foule l'entourait, il imagina de construire une baraque en bois (sur l'emplacement où fut Mme Saqui, et en dernier les Délassements-Comiques) ; le public entra voir le grimacier, qui, après avoir fait des bénéfices, céda son fonds à un entrepreneur de marionnettes, mais posa comme condition qu'il serait toujours *grimacier* en chef et sans partage : c'était son ambition, elle était grande ; il paraissait dans les entr'actes. De là vint le titre de *Théatre des Associés* (1).

Bientôt des hommes remplacèrent les marionnettes ; puis, par un arrêté de police, en 1776, marionnettes et grimacier disparurent. Alors, quatre ans après, la salle fut rebâtie et ouverte par un sieur Beauvisage. Au début de ce spectacle, les acteurs chantèrent des couplets en l'honneur du lieutenant de police Lenoir, qui avait autorisé leur établissement. Cette troupe jouait des comédies et surtout des tragédies *où l'on riait* ; des parades étaient faites sur des tréteaux à la porte, ensuite le directeur Beauvisage, qui jouait l'emploi des tyrans, paraissait, et, d'une voix enrouée, invitait le public à venir à son spectacle par cette phrase invariable : *Entrez, messieurs, mesdames, prenez vos billets, on va commencer.*

Un jour que Beauvisage remplissait le rôle de Bayar-

(1) *Chronique des Théâtres.*

BIBLIOTHÈQUE NATIONALE R.F. DROITS

ley dans *le Joueur*, et lorsque, tenant dans ses robustes mains le vase qui contenait le poison dont il devait faire usage, il articulait ces mots : *Nature, tu frémis !* le vase se brisa et la liqueur se répandit sur la table. — Comment va-t-il mourir? se demanda le public avec inquiétude. — Baverley, sans se troubler, fit couler la liqueur fatale dans le creux de sa main et avala avec intrépidité le poison, aux applaudissements de la salle entière.

Le troisième théâtre qui prit rang sur le boulevard fut celui du sieur *Audinot*. Ayant eu à se plaindre de la compagnie italienne dont il faisait partie, Audinot se retira de leur société et forma le projet d'élever un théâtre à la foire Saint-Germain, ce berceau de tant d'entreprises théâtrales; ensuite il loua sur le boulevard du Temple le terrain occupé d'abord par Nicolet, fit bâtir une petite salle de spectacle, ornée de colonnes et de voûtes gothiques, dont la décoration rappelait assez la chapelle d'un vieux monastère, et lui donna le nom d'*Ambigu-Comique*. Il ouvrit le 9 juillet 1769 avec sa troupe silencieuse, que l'on nommait : *les Comédiens de bois*. Bientôt les marionnettes furent remplacées par des enfants, parmi lesquels se distinguait sa fille *Eulalie*, à peine âgée de huit ans, et qui, déjà, se faisait remarquer par son intelligence précoce et sa jolie voix. Deux auteurs, sortant, comme Audinot, des Italiens, furent ses fournisseurs habituels : Moline et Plainchêne..... Alors, aux enfants succédèrent des jeunes gens, et, sur la toile de son théâtre, Audinot mit cette devise latine où se trouvait son nom : *Sicut infantes audi nos;* écoutez-nous comme nos enfants. Son spectacle attirait la foule ;

c'était le rendez-vous des clercs de la basoche, des dames de la cour et de la ville. L'abbé Delille a peint l'empressement du public pour ce genre de spectacle par ce joli vers :

> Chez Audinot l'enfance attire la vieillesse.

Les pièces d'Audinot étaient légères, remplies de traits d'esprit et quelque peu licencieuses. Son genre était la pantomime historique ou romanesque. En 1771, il eut un succès qui fit scandale, dans *le Triomphe de l'Amour et de l'Amitié*, sujet tiré de l'opéra d'*Alceste :* un grand pontife et des prêtres, costumés à l'antique, paraissaient sur la scène; ces costumes ressemblaient un peu à ceux des prêtres chrétiens (cela vient de ce que le clergé, après Constantin, adopta les vêtements sacerdotaux du paganisme); les dévots de Paris crièrent à la profanation, et se plaignirent à l'archevêque de ce que les cérémonies religieuses étaient tournées en ridicule; l'archevêque écrivit au lieutenant de police Sartines, pour qu'il défendît ces profanations, Audinot fit observer que, sur plusieurs théâtres d'ordre, on voyait des prêtres, des processions et des sacrifices, conformément aux rites antiques, sans qu'aucune plainte ne s'élevât à cet égard. Le lieutenant de police laissa jouer la pièce, et tout Paris courut la voir. Mais les administrateurs de l'Opéra, jaloux de ce succès, obtinrent un arrêt du conseil d'État qui réduisait l'Ambigu-Comique à l'état de spectacle de la dernière classe, lui enlevant la plus grande partie de son orchestre, lui interdisant les danses..... Cette tyrannie occasionna une rumeur considérable sur le boulevard du Temple; les promeneurs s'assemblaient et se plaignaient tout haut; la police s'en inquiéta et rendit au théâtre d'Audinot tout ce qui lui avait été enlevé; mais le directeur dut payer une contribution de 12,000 livres par an à l'Opéra; alors Audinot prit le genre spécial de pantomime à grand spectacle. Le bruit de cette affaire se répandit jusqu'à la cour. La duchesse Dubarry, qui cherchait tous les moyens de distraire le roi, voulut voir cette troupe de jeunes acteurs, et Audinot alla jouer à Choisy : *Il n'y a plus d'enfants*, comédie de Nongaret; *la Guinguette*, ambigu comique de Plainchêne, *Un joli Teniers*, *le Chat botté*, pantomime d'Arnould, et *la Fricassée*, contredanse presque indécente; Mme Dubarry s'amusa beaucoup, rit aux éclats; le roi sourit quelquefois, chose rare de la part de Louis XV, l'homme le plus blasé de son royaume.

Peu à peu Audinot devint plus scrupuleux pour ses ouvrages, et *Robinson dans son île*, *le Masque de fer*, *le capitaine Cook*, *Hercule et Omphale*, *les Quatre fils Aymon* lui valurent de nouveaux succès.

Mais une aventure qui arriva dans la forêt de Villers-Cotterets fournit le sujet d'une pantomime qui mit en émoi toute la capitale :

Une jeune et jolie fille traversait la forêt seule, lorsqu'elle fut arrêtée par deux voleurs qui la dépouillèrent de tout ce qu'elle possédait et la garrottèrent à un arbre pour lui faire souffrir quelque nouveau supplice inspiré par une passion brutale; mais la Providence permit que les cris de la victime attirassent l'attention d'*un maré-*

chal des logis des dragons de la reine qui se rendait en semestre ; soudain le brave militaire vole au secours de l'infortunée jeune fille, met les voleurs en fuite, détache celle qu'il vient de sauver et la reconduit à ses parents. Le bruit de cette noble action arriva jusqu'à la cour ; la reine Marie-Antoinette témoigna le désir de voir ce dragon, et, lorsqu'on le lui présenta, après lui avoir fait un accueil touchant, lui remit une somme d'argent à titre de récompense. Le digne soldat, qui n'était pas resté insensible aux attraits de celle qu'il avait sauvée, acheta son congé, et la jeune fille épousa son libérateur. Tout Paris alla verser des larmes à la pièce : *le Maréchal des logis.*

En 1777, le boulevard du Temple eut quelques améliorations ; Paris s'agrandissant toujours, l'enceinte fut reculée, et un arrêt ordonna la construction du mur qui, dans ces derniers temps encore, entourait la capitale, et que chacun a pu voir démolir. Cette nouvelle enceinte fit des mécontents ; c'est à ce propos que ces deux vers devinrent à la mode :

Le mur murant Paris rend
Paris murmurant.

Par le même arrêt, il fut décidé que les boulevards Saint-Antoine et du Temple seraient pavés (M. Mac-Adam n'était pas encore au monde), que les fossés, glacis et contrescarpes seraient détruits et comblés, afin de faciliter la construction des maisons ; que la porte du Temple serait démolie en partie, et que les rues du Faubourg-du-Temple et d'Angoulême seraient ouvertes.

Cette même année fut marquée par un sinistre : la

foire Saint-Ovide, qui se tenait à l'endroit où se trouve la place Vendôme, fut le théâtre d'un terrible incendie qui dévora toutes les constructions.

Le directeur Nicolet eut le premier la généreuse inspiration de donner une représentation au bénéfice des incendiés; Audinot suivit ce louable exemple, ainsi que plusieurs autres *petits théâtres,* à ressources fort exiguës. Mais cette leçon honorable de bienfaisance fut sans fruit pour les grands seigneurs, dont les immenses fortunes suffisaient à peine pour payer leurs pertes au jeu, payer leurs chiens, leurs chevaux, leurs laquais, leurs maîtresses; à ce point que le duc de Richelieu, se trouvant pressé par la *Maupin,* l'une de ses *pensionnaires,* qui lui demandait son quartier avec les plus vives intances, se vit obligé, étant sans argent et pour se débarrasser des importunités de cette fille, d'envoyer secrètement mettre en gage sa plaque en diamants de l'ordre du Saint-Esprit. Mais l'affaire ne put être tenue si cachée qu'il n'en transpirât quelque chose. C'est à ce sujet qu'un plaisant du boulevard du Temple fit ce couplet qui courut toute la ville :

Judas vendit Jésus-Christ
Et se pendit de rage;
Richelieu, plus fin que lui,
Ne mit que le Saint-Esprit
En gage, en gage, en gage (1).

En 1777, un sieur Teissier, dans le dessein d'utiliser les élèves de l'Opéra, fit construire une petite salle vis-à-vis de la rue Charlot; quatre-vingts élèves de la danse

(1) *Histoire de la musique,* par Blondeau.

lui prêtèrent leur concours ; la pièce d'ouverture fut *la Jérusalem délivrée*, grande pantomime à spectacle qui attira beaucoup de monde ; après quelques années d'exploitation, l'Opéra, en 1784, ayant obtenu un arrêt du conseil d'État qui lui accordait les priviléges de tous les petits théâtres pour les exercer ou les faire exercer à son gré, un nommé Parisot se fit adjuger la direction du théâtre des *Jeunes-Élèves* ou *Élèves de Thalie;* mais il prospéra peu.

Un jour son théâtre devait être honoré de la présence de l'envoyé des États-Unis, Paul Jones, l'ami de Washington, de Lafayette ; on jouait *le Siége de Grenade*, pantomime à spectacle, dans laquelle le directeur remplissait le rôle du comte d'Estaing ; Parisot, voulant fêter son illustre visiteur, avait suspendu en l'air une couronne qui, à l'aide d'une poulie, devait se glisser au-dessus de la tête de Paul Jones, puis descendre s'y placer. Le représentant du nouveau monde, averti à temps, envoya prier le directeur de lui faire grâce de cette ovation, et Parisot, un peu désappointé, car il comptait sur un grand effet, se contenta de venir à la fin du spectacle, dans son costume du comte d'Estaing, tenant deux bougies à la main, reconduire le héros américain jusqu'à sa voiture.

Comme Parisot ne payait personne, il se trouvait sans cesse accablé de demandes d'argent ; un matin, l'un des premiers sujets de sa troupe, pressé par le besoin, va lui rendre une petite visite pour avoir au moins de quoi déjeuner ; le directeur se met à pleurer misère plus fort que son malheureux pensionnaire, qui n'avait pas soupé la veille... Celui-ci sort du cabinet directorial la tristesse dans l'âme et l'estomac creux; en passant par la salle à manger il aperçoit sur la table un gigot et du vin... L'apprêt de ce repas l'étonne et lui fait faire cette réflexion judicieuse : Mon directeur est un farceur qui se fiche de moi, soyons plus fin que lui; et, aussitôt, il saisit le gigot et la bouteille de vin et disparaît en murmurant : Je déjeunerai ce matin... A peine est-il à quelque distance de la maison qu'il entend courir derrière lui et une voix crier : Arrête! arrête!..... Il allonge le pas, mais en vain. Bientôt il est rejoint par Parisot, qui lui dit : Puisque tu emportes le gigot et le vin, prends donc le pain, imbécile! Et le directeur présente, à son pensionnaire ébahi, un pain de quatre livres qu'il tient à la main... Le trait était original... L'artiste et le directeur se mirent à rire en se regardant et déjeunèrent ensemble... Mais comme il ne se trouvait pas toujours des gigots à emporter pour les acteurs, ceux-ci se plaignirent, et un ordre royal fit fermer le théâtre, qui ne devait rouvrir que plus tard.

Au milieu de l'espace de terrain qui se trouvait entre l'Ambigu et la porte du Temple, en 1750, un riche particulier, conseiller au parlement, nommé *Foulon*, avait fait bâtir un hôtel qui portait son nom. En 1785, à gauche de cet hôtel, on éleva un théâtre appelé *Délassements-Comiques*. Un sieur Valcour en était, tout à la fois, directeur, auteur, acteur, régisseur... Grâce à son zèle, à sa persévérance, il parvint à soutenir son petit spectacle pendant deux ans, lorsqu'un incendie détruisit son théâtre et ses espérances .. Pourtant, à force de courage, de démarches, il réussit à faire reconstruire une salle nouvelle, assez bien décorée, mais longue, étroite et peu commode. Les directeurs voisins, jaloux de sa prospérité, obtinrent du lieutenant de police Lenoir qu'il ne pourrait faire paraître à la fois en scène que trois acteurs auxquels la parole était interdite; ils ne jouaient que séparé du public par une gaze qui remplissait l'ouverture de la scène.

Le canon venait de gronder sur les boulevards... La Bastille était prise... On était en 1789; les hommes s'agitaient, les intrigants se disputaient le pouvoir; M. Necker, si avide de popularité, venait d'être éloigné du ministère, avec ordre de retourner dans son pays, à Genève, et un homme honorable, M. Foulon, devait le remplacer au contrôle général. A cette nouvelle, le peuple, animé par les factions, s'indigne, demande M. Necker... Le roi cède et rappelle ce ministre. Le 23 juillet, pendant que cet étranger revenait sur ses pas, des forcenés vont arracher de sa maison de campagne M. Foulon, garrottent sur une charrette ce vieillard presque octogénaire, l'abreuvent pendant la route d'humiliations douloureuses, et, arrivés devant l'Hôtel de Ville, le suspendent à la place du réverbère...., M. Berthier, intendant de Paris, son gendre, qui venait avec confiance pour remplir dans ce moment critique les devoirs de sa charge, est saisi comme lui et expire dans le même supplice (1). Le 28, M. Necker arrivait triomphant, escorté d'une populace nombreuse qui donnait les démonstrations de la joie la plus grande... tandis que

(1) *Histoire de France.*

l'hôtel Foulon, désert, abandonné, était pillé, saccagé par des furieux!...

Nicolet mourut cette même année, et le nom de son théâtre, *les Grands-Danseurs du Roi*, fut remplacé par celui de *Théâtre de la Gaîté.*

En 1791, un décret de l'Assemblée nationale proclama la liberté des théâtres... Alors la Gaîté, tenue par la veuve Nicolet, joua l'ancien répertoire français; chaque fois que l'affiche annonçait une pièce de Molière pour la première fois, le peuple ne manquait pas de demander l'auteur à grands cris... Lorsqu'on donnait *Tartuffe*, à chaque instant on entendait les exclamations : « Ah! le scélérat!... ah! le coquin!... Arrêtez-le donc!... » Les danseurs de Nicolet, se voyant supplantés par les acteurs parlant, prirent bravement leur parti; dans ces temps d'élan patriotique, ils n'hésitèrent pas à échanger leur balancier contre un mousquet, lors de la levée des quatorze armées. Ce fut notamment dans la seconde compagnie franche du Louvre que s'enrôlèrent ces jeunes gens; mais mauvais marcheurs, comme le sont généralement tous les danseurs, ils eurent à souffrir d'abord; cependant leur bravoure et leur joyeuse humeur les firent aimer.... Quelques-uns même méritèrent et obtinrent des grades honorables.

En 1795, un homme qui, par son intelligence et sa volonté ferme, était sorti des rangs des figurants pour devenir acteur original et directeur habile, Ribié, exploitant à la fois jusqu'à six théâtres ou bals publics, prit la direction de la Gaîté et changea ce nom contre celui de *Théâtre d'émulation ;* mais cette innovation ne fut pas plus heureuse que sa direction, qui ne dura que quelques années, car le pauvre Ribié, malgré sa réputation de bien battre la caisse roulante, ne battait pas monnaie dans la caisse directoriale. C'est lui qui inventa les affiches monstres, tellement en vogue aujourd'hui. Il annonçait le dimanche :

« *Le Moine*, mélodrame en cinq actes avec pluie de feu; *le Mariage du Capucin*, mélodrame en trois actes; *Koskoli*, pantomime dans laquelle M. *Ribié* battra de la caisse; *le Drôle de Corps*, et *le Galant savatier*, vaudevilles; *le Ballet des marchandes de modes*, et des tours de physique dans les entr'actes (1). »

A cette époque les cafés étaient loin du grand luxe de ceux de nos jours. Le café de la Gaîté, par exemple, se composait d'une salle immense et d'une chambre au fond, dans laquelle était un billard; des tables vermoulues, entourées de tabourets boiteux, garnissaient la salle des buveurs; quatre mauvais quinquets accrochés au mur fumaient au lieu de brûler : tel était le confortable du café placé sur le boulevard à la mode. Que diraient de cela les habitués de Tortoni ou de la Maison-d'Or?

Pendant que la direction Ribié faisait de mauvaises affaires, le théâtre de l'*Ambigu-Comique* avait un succès colossal. Mlle *Louise Masson*, qui avait débuté à la Comédie Italienne, jouait *la Belle au bois dormant*, qui eut plus de deux cents représentations : tout Paris accourait admirer la beauté et le charme de cette actrice remarquable, qui recevait les hommages des plus riches per-

(1) *Chroniques des théâtres.*

sonnages et dissipait des sommes énormes dans les plaisirs, les fêtes.

Le théâtre des *Délassements-Comiques*, avec la liberté des théâtres, avait déchiré son voile de gaze, rendu la parole à ses acteurs, sans pour cela rappeler le public qui avait déserté. Alors le sieur Colon, successeur de Valcourt dans la direction, s'associa avec le physicien Perrin, qui donnait des séances tous les deux jours et annonçait ainsi ses prodiges : *L'encrier uniquement et parfaitement isolé qui fournit à volonté de l'encre : rouge, bleue, verte, lilas, noire.* Comme on le voit, le secret de la bouteille à l'encre était déjà connu dans ce temps-là; *le grand tour du citron, le grand tour de la colombe qui rapporte une bague mise dans un pistolet véritable et tiré par une croisée; l'expérience de la montre pilée dans un mortier et retrouvée aussi belle qu'auparavant.*

Le *Théâtre des Associés*, avec la révolution changea de directeur et de titre. Le sieur Beauvisage avait cédé la place à un nommé Salé, qui appela alors, son spectacle *Théâtre Patriotique;* il était borgne et avait pris l'emploi des arlequins parce que le masque dissimulait cette infirmité. Comme ses confrères, il jouait tous les genres; quand il donnait *le Grand Festin de Pierre ou l'Athée foudroyé*, il faisait lui-même l'annonce et criait : « Prrrenez vos billets ! M. Pompée, premier sujet de la troupe, jouera ce soir avec toute sa garde-robe. Faites voir l'habit du premier acte. (Et l'on montrait l'habit.) Entrez ! entrez !... M. Pompée changera douze fois de costume ; il enlèvera la fille du commandeur avec une veste à brandebourgs, et sera foudroyé avec un habit à paillettes. »

C'est ce même Salé, qui, avant 1792, ennuyé des persécutions de la Comédie pour les pièces du répertoire français, écrivit ceci : « Messieurs de la Comédie, je don-
» nerai, demain dimanche, une représentation de *Zaïre;*
» je vous prie d'être assez bons pour y envoyer une dé-
» putation de votre compagnie; et si vous reconnaissez
» la pièce de Voltaire après l'avoir vu représenter par
» mes acteurs, je consens à mériter votre blâme, et
» m'engage à ne jamais la faire jouer sur mon théâtre. »

Le lendemain, Lekain et Préville furent députés pour aller voir jouer *Zaïre;* ils rirent tant qu'il fut permis à Salé de jouer le répertoire du Théâtre-Français. Salé disait : « Je joue la tragédie pour rire. »

Lorsque le théâtre des *Variétés Amusantes*, qui était sur le boulevard Saint-Martin, au coin de la rue de Bondy, fut érigé en *Théâtre-Français*, la salle des *Jeunes Élèves*, fermée par ordre royal, comme il a été dit plus haut, et située en face de la rue Charlot, prit le titre des *Variétés Amusantes*, et rouvrit sous la direction d'un italien du nom de *Lazari*, qui jouait les arlequins avec une légèreté et un talent remarquables. Il brillait principalement dans les tours d'adresse, les métamorphoses, les changements à vue. Il était extraordinaire dans *Aristan*, *l'Amour puni par Vénus, l'Esprit follet, la Tartane de Venise, le Diable à quatre*, canevas qu'il composait lui-même, et chaque artiste s'inspirait de ce canevas, suivant l'antique usage, car longtemps la pantomime se joua ainsi : on affichait au foyer un scénario de pièce, chaque acteur en prenait connaissance et se livrait, en scène, à ses inspirations ; il fallait alors un mérite réc. pour être comédien mime.

Les comédies que donnait Lazari étaient morales et ne manquaient pas d'esprit... Son théâtre prospérait, quand, le 31 mai 1798, à neuf heures du soir, il devint la proie des flammes : une pluie de feu qui avait lieu dans la dernière scène du *Festin de Pierre* fut le principe de cet incendie, que la médisance attribua au directeur, qui venait d'éprouver des pertes considérables; mais la réputation de probité dont jouissait Lazari fit prompte justice de cette calomnie... Ruiné par ce sinistre, dans un moment de désespoir, il se brûla la cervelle.

IV

Le boulevard du Crime.

De même que la révolution commençait une ère nouvelle, de même le boulevard du Temple prenait une nouvelle face et devenait une spécialité par la réunion des théâtres qui s'y trouvaient. Le genre de pièces qui dominait alors lui fit donner le surnom de *Boulevard du Crime*, justifié par les mélodrames.

Cependant, le théâtre de Nicolet, qui, en passant dans

les mains habiles de M. Coffin-Rosny, en 1799, avait repris son titre de *Théâtre de la Gaîté* pour ne le plus quitter, et avait eu les débuts de deux acteurs choyés et aimés du public, Tautin et Marty, trouva une heureuse diversion aux coups de poignard, aux meurtres, aux incendies, dans une féerie intitulée *le Pied de mouton*, jouée en 1805, et qui fit la fortune du directeur. L'acteur Duménil était superbe de bêtise quand, dans son rôle de niais, il disait cette phrase qui fut dans toutes les bouches pendant plus de vingt ans : *Demandez plutôt à Lazarille*.

L'auteur de la pièce, Martainville, a beaucoup travaillé pour le boulevard, c'était une riche organisation, à l'imagination ardente, ayant de l'esprit, du courage. A l'âge de quinze ans, traduit devant le tribunal révolutionnaire pour un écrit sur le prix des denrées, le président l'appelant *de Martainville*, il se lève et dit en souriant : « Citoyen président, je ne me nomme pas *de* » *Martainville*, mais bien *Martainville* : n'oublie pas » que tu es ici pour me *raccourcir* et non pour me *ral-* » *longer*. » Ce mot fit rire ses juges, qui n'étaient pas coutumiers du fait. En 1794, il rédigeait un journal royaliste ; un jour, se trouvant au café des Aveugles, il est entouré et contraint d'improviser un couplet patriotique, il monte sur un tabouret et chante ceci :

Embrassons-nous, chers jacobins,
Longtemps je vous crus des mutins
Et de faux patriotes ;
Oublions tout, et désormais
Donnons-nous le baiser de paix :
J'ôterai mes culottes (1).

(1) *Chroniques des théâtres*.

Soudain, de toutes parts, les cris : A l'eau! au bassin! retentissent; il paye d'audace, descend du tabouret et traverse, en riant, la foule, qui le laisse passer sans rien dire.

Après le décret de 1807 qui supprima si brusquement vingt-cinq théâtres, la veuve Nicolet, à la suite d'un long procès pour faire reconnaître ses droits, rentra dans l'exercice de son privilége, dont elle confia l'exploitation à son gendre, M. Bourguignon. Le premier soin du nouveau directeur fut de rebâtir sa salle, qu'il inaugura le 3 novembre 1808; alors on vit fleurir les mélodrames de Hapdè, Cuvelier, Pixérécourt. *L'Ange tutélaire*, *la Tête de bronze*, *le Précipice*, *l'Homme de la forêt Noire*, *Marguerite d'Anjou*, *les Ruines de Babylone*, etc., eurent de grands succès.

L'Ambigu-Comique eut aussi ses beaux jours. Après les successeurs d'Audinot, parmi lesquels on remarqua Arnauld, Picardeaux, Coffin-Rosny, Chaussier, Camille Saint-Aubin, infortuné que l'on vit plus tard, courbé sous le poids des ans, réduit à mendier sur le boulevard Saint-Denis, le théâtre allant de mal en pis, un acteur, plein d'originalité, nommé Corse, entreprit, en 1805, de relever le théâtre et s'associa avec M. de Puisaye, capitaliste et bon administrateur. La pièce de *Madame Angot au sérail de Constantinople* ouvrit la marche des succès; pendant plus de deux cents représentations, tout Paris courut voir Corse, inimitable dans le rôle de Madame Angot. Après cet ouvrage, *la Forêt d'Hermanstad*, *le Jugement de Salomon*, *Tékéli*, *la Femme à deux Maris*, mélodrames, attirèrent la foule. Dans ce dernier ouvrage, Dufresne faisait frémir toute la salle. Ensuite *la Bataille de Pultava, Thérèse, Calas, Lisbeth, le Bourreau d'Amsterdam, le Fils banni, Cardillac*, ne le cédèrent en rien à leurs aînés, et Révalard, le tyran par excellence, le modèle des brigands, se voyait maudit vingt fois dans l'espace d'une heure... Révalard, dans la vie privée, était la bonté même; on assure qu'il poussait la bonhomie jusqu'à se laisser battre par sa femme. Pourtant il eut une volonté : celle de tenter fortune en province en se mettant directeur. Un jour, jouant à Reims un mélodrame, *le Siége de Calais*, à la fin duquel on faisait le bombardement de la ville, la bourre d'un soleil alla frapper, dans la salle, une personne qui ne fut pas blessée; désolé de cet événement, et pour rassurer le public, le lendemain, Révalard mit sur son affiche : « Les » personnes qui nous honoreront, ce soir, de leur pré- » sence sont prévenues que le *bombardement* n'aura » plus lieu qu'à l'arme blanche. »

Dans la ville de Laon, après avoir donné plusieurs représentations qui n'avaient attiré personne, le directeur afficha, la veille de son départ : « La troupe de M. Réva- » lard, touchée de l'accueil empressé que les habitants » ne cessent de lui faire, a l'honneur de les prévenir » qu'au lieu de partir après-demain, ainsi qu'il a été an- » noncé, quittera la ville demain matin à six heures (1). »

En 1795, le *Théâtre des Associés* ayant perdu son directeur, le sieur Salé, passa entre les mains d'un nommé Prévot, comédien de province; son premier soin fut de

(1) *Almanach des spectacles.*

substituer au nom primitif de son spectacle celui de : *Théâtre sans Prétention ou Promettre peu et Tenir;* ce modeste directeur était universel ; tout à la fois auteur, acteur, souffleur, régisseur, décorateur, buraliste, lampiste, machiniste, il faisait tout, était partout. Pendant un quart de siècle il porta une houppelande grise qu'il devait, au moins, tenir du juif errant ; elle l'immortalisa sur le boulevard du Crime.

En fait de littérature, Prévot ne plaisantait pas; il fit imprimer une vingtaine de ses pièces et les ouvreuses étaient chargées de les vendre dans la salle; il détestait la secte des philosophes, plaisantait Rousseau, Voltaire, critiquait Laharpe... Mais, hélas! avec le décret de 1807, son règne finit. Il ne put se consoler de la fermeture de son théâtre et dit alors, avec amertume et douleur, en parlant de l'Empereur : « Cet homme m'a bien trompé, » c'est un grand coup d'État qu'il vient de faire là... » Nous verrons où cela le conduira... » En quittant sa direction il fit placarder sur tous les murs de Paris cet avis : « Les personnes à qui le citoyen Prévot est redevable de quelque chose peuvent se présenter à la » caisse qui sera ouverte tous les jours depuis midi jus- » qu'à quatre heures. »

Pourrait-on citer beaucoup d'exemples de ce genre?... Prévot payait ses artistes tous les décadis (trois fois par mois).

En 1820, la garde nationale de la 2e légion donnant un repas de corps, dans le jardin Marbeuf, à l'occasion de la naissance du duc de Bordeaux, un pauvre vieillard vint pour montrer une petite lanterne magique. Le spirituel auteur Brazier, dont le bon cœur égalait le talent, et qui faisait partie de cette réunion, reconnaît dans ce vieillard l'honnête homme Prévot; touché de son malheur, il ouvre une souscription en faveur de cet infortuné, et le pauvre homme, les larmes aux yeux, recueille lui-même dans son chapeau cette collecte; tous les assistants touchés de compassion pleuraient avec lui...

Cinq ans plus tard, le malheureux Prévot mourait dans la plus affreuse misère... c'est à décourager d'avoir de la probité.

Vers 1796, un comédien appelé Déharme avait pris la direction des Délassements-Comiques, et avec lui la prospérité était revenue à ce théâtre; on y jouait la tragédie, la comédie, l'opéra-comique même, et tout cela vraiment pas mal. Des acteurs qui se firent un nom par la suite commencèrent dans cette petite salle. Joanny faisait déjà recette quand il remplissait les rôles de *Néron*, *Oreste*, *Britannicus*. Leroy était remarqué à côté de lui. Le jeune Viot chantait avec goût. Mmes Pichard, Bosquillon, Dervillier, et surtout Lolotte y brillaient, par leurs grâces et leur intelligence. Cette dernière était remarquable dans *la Jeune Indienne* de Champfort. Potier s'essaya tout jeune sur cette scène ; il joua le cocher des *Visitandines*, et fut on ne peut plus comique; déjà les gens du métier prédisaient à Potier l'avenir plein de succès qui lui était réservé; on devinait en lui le grand comédien. Cazot débuta aussi à ce théâtre dans *la Laitière prussienne*.

Un jour, le directeur ayant affiché ce spectacle : « 5 vendémiaire an VII de la république, première re-

» présentation de *la Souveraineté du peuple*, comédie, » suivie des *Horreurs de la misère*, drame, terminé par » *la Débâcle*, parade mêlée de couplets, » fut signalé à l'autorité, et peu après il dut quitter la direction pour se mettre en lieu de sûreté. Alors, un sieur Bellavoine se mit à la tête de l'entreprise, mais ne put s'y maintenir longtemps.

A l'époque de la descente en Angleterre, un acteur appelé Joly venait de débuter dans un monologue de Brazier, ayant pour titre : *l'Ivrogne tout seul*, et le couplet suivant était bissé chaque soir.

Si, pour descendre en Angleterre,
Faisant un miracle nouveau,
Dieu, comme aux beaux jours de la terre,
En vin pouvait transformer l'eau ;
Les Anglais, vous pouvez m'en croire,
Redouteraient un grand échec;
Car bientôt, à force de boire,
Chez eux on irait à pied sec (1).

Après une fermeture de quelque temps, le théâtre, restauré par les soins de MM. Anicet et Lapôtre, rouvrit ses portes en 1805, pour être supprimé deux ans plus tard sans la moindre indemnité ; dans l'intervalle de ces deux ans il eut deux succès.

On venait de jouer à l'Ambigu *Tékéli*. C'était lors de la conspiration de George Cadoudal, que l'on cherchait partout. *Tékeli* proscrit, fugitif, errant, a trouvé l'hospitalité chez un meunier; un garçon du moulin veut le livrer pour avoir la récompense promise. Le meunier ap-

(1) *Chroniques des théâtres.*

prenant ce coupable projet dit à ce paysan : « Malheureux ! » comment, tu irais livrer un proscrit, tu vendrais un » un homme sans défense ! tu ne sais donc pas que le » métier le plus lâche, le plus vil est celui de dénoncia- » teur? » Les applaudissements éclatent de tous les points de la salle, mais la représentation de la pièce est défendue. Le passage supprimé, *Tékéli* fut repris et la foule alla voir ce drame (1). Alors Brazier, Varez et Saint-Clair firent la parodie appelée : *Kikiki;* Saint-Clair joua le rôle principal, tenu par Tautin, et imita si bien cet artiste, que le succès du drame fut le même pour la parodie.

Les Délassements donnèrent encore un autre ouvrage qui eut une grande vogue. En 1757, un perruquier du nom d'André, ayant rêvé qu'il était poëte, fit une pièce en vers et l'adressa à Voltaire qui, après l'avoir lue, écrivit sur chaque feuillet : *Faites des perruques.* Le directeur eut l'idée heureuse de monter cette pièce. En tête du manuscrit, l'action, au premier acte, se passant dans un appartement composé de plusieurs pièces, l'auteur avait mis : la scène représente un salon, *sales* partout. L'affiche annonçait : *le Tremblement de terre de Lisbonne*, tragédie d'André le perruquier, contemporain de Voltaire; il n'en fallait pas plus pour fixer l'attention du public et piquer sa curiosité ; les loges étaient louées d'avance, les équipages stationnaient depuis la rue d'Angoulême jusqu'au faubourg du Temple, et, chaque soir, le contrôleur refusait autant de monde qu'il en pou-

(1) *Chroniques des Théâtres.*

vait contenir dans la salle. On comprendra cette vogue en lisant les vers suivants qui ne sont qu'un faible échantillon de ceux de tout l'ouvrage.

Dupont, confident dévoué, dit en s'adressant à celle qu'il aime :

Mon plus grand désir et... ma plus grande ambition
N'est que de partager avec vous ce *bonbon*.
Suzette, vitement *prête-moi* un couteau ;
On t'en *rendra un* qui... sera beaucoup plus beau.

Plus loin Dupont s'écrie :

Ah ! ciel ! qu'ai-je aperçu ?... qu'ai-je vu de mes yeux ?
Ah ! quel embarquement et quel spectacle affreux !
Je tremble et je frémis, et je suis si saisi
Que je ne pourrai pas en faire le *récit*.
. . . .
. . . .
O malheureux destin ! ô fatale journée !
O dans quel désespoir m'as-*tu abandonné !*
Thérèse et Rodriguez, Comte et Théodora
Paraissez de grâce, ne me délaissez *pas !*
. . . .
. . . .
Je pleure et je gémis après le cher vaisseau ;
Un grand vent qui soufflait, me narguant *aussitôt*,
L'a approché de *moi en* l'élevant bien haut,
Et de là jusqu'à terre il n'a fait qu'un seul saut.
J'ai *couru à* l'endroit où je l'ai vu tomber ;
J'ai eu beau le chercher et partout regarder,
Le vaisseau n'était plus, mais un très-grand gouffre
Qui poussait une odeur toute pleine de soufre
L'avait mis tout au fond de ce malheureux trou.
J'y aurais descendu si j'avais su par où.
Dans le même moment que Thérèse j'appelle,
Moi qui désirerais m'en aller avec elle,
Le trou s'est *rebouché* et je ne l'ai plus vu.
Thérèse, *où êtes*-vous ? je ne vous verrai plus !
Mon amour et mon cœur, pour le coup que je meure,
Que n'ai-je donc aussi *péri* à la même heure !

Que ne puis-je fouiller au fin fond de ce trou,
Pour du moins pouvoir *m'y... enterrer* avec vous.

. . . .

Mais je ressens encore un nouveau tremblement.
Je crains qu'en m'arrêtant en ces lieux plus longtemps
Je n'y périsse aussi ; je m'en vais, si je peux,
Tâcher de me sauver, m'éloignant de ce *lieu.*
En quelque endroit que j'aille, à pied *ou en* carrosse,
Je me souviendrai du. . premier jour de ma noce.

Le théâtre des Délassements, après sa fermeture, fut démoli, moins le vestibule qui servit souvent à montrer des phénomènes, des bêtes sauvages, des animaux savants, des nains, des géants, etc.

V

La foire perpétuelle; Bobèche et Galimafré.

Sous le premier empire, le boulevard du Temple avait un cachet tout particulier d'originalité... Sa longue avenue d'arbres plus que centenaires, avec ses petits fossés creusés par intervalles, s'étendant de la rue des Filles-du-Calvaire au faubourg du Temple, était le rendez-vous des Parisiens de tous les rangs, de toutes les conditions... L'artisan y coudoyait le capitaliste; le militaire, le badaud ; la grisette, la grande dame... ; toutes les classes de la société s'y confondaient... bravant la pluie, le froid, le chaud ; chacun, dans cette promenade, trouvait une émotion, une distraction, un plaisir qui lui faisait oublier pour un moment les tracas de la vie et les maux de notre pauvre espèce humaine.

Le côté gauche du boulevard alors se composait uniquement du *Café Turc* avec son jardin clos d'un mur qui longeait l'avenue; cet établissement avait été formé vers la fin du dix-huitième siècle. Plus loin, l'hôtel de Vendôme et ses jardins, devenus propriété de l'État, avaient été achetés par un particulier qui en avait fait un bal, une maison de plaisirs, de jeux de toutes sortes, nommée : *Rotonde de Paphos*, portant, sur la rue du Temple, le n° 110.

Depuis qu'un Italien appelé Tonti, venu à Paris, sous le règne de Louis XIV, pour faire fortune aux dépens des autres avait apporté la combinaison de la loterie désignée sous les noms de *Blanque* et *Tontine*, la passion du jeu ayant grandi, M. de Sartines, en 1775, autorisa les maisons de *jeu* ou *roulette* pour faire tourner au profit de l'État cette triste passion qui, alors, n'enrichissait que des tripots clandestins. Sous le Directoire, on joua publiquement dans les vastes appartements du Palais-Royal transformés en cafés, en salles de bal. Sous le consulat, le Palais-Royal ayant été accordé au tribunat, les joueurs furent transportés au n° 113 dans les galeries, à *Frascati* et à *Paphos*, au 110 sur le boulevard du Temple, dans les salles du premier étage de l'hôtel.

Le tribut payé par la ferme des jeux à l'État s'éleva jusqu'à sept à huit cents millions par année.

En 1815, Warrin, condamné à mort pour avoir assassiné dans le passage du Panorama un chapelier, son compatriote et son ami, après s'être ruiné à la roulette;

dit : « Pourquoi tous les jeunes gens qui ont le goût du » jeu ne peuvent-ils me voir dans l'affreuse position où » je suis ? Mon exemple en les épouvantant les corrige» rait peut-être. » Ce quatrain publié en 1822 donne le portrait fidèle de ces maisons de jeu :

Il est trois portes à cet antre :
L'espoir, l'infamie et la mort ;
C'est par la première qu'on entre
Et par les deux autres qu'on sort.

Le côté droit du boulevard était la partie privilégiée des saltimbanques et du public : On y voyait d'abord Bancelin, le petit cabaret de *la Galiote*, rendu célèbre par Vadé, Piron, Collé, Sainte-Foix, Favart et leurs amis qui allaient boire à leurs réussites ou se consoler de leurs insuccès.

Après, suivaient quelques masures, puis, à un coin de la rue d'Angoulême, un cabaret nouveau ouvert par un sieur Legrin, dit *la Jambe de Bois*, et ayant pour enseigne : *Au Méridien*, à l'autre coin de la rue s'élevait un théâtre appelé *le Lycée dramatique*, mais qui ne vécut qu'un printemps... Plus loin était le *Café de la Colonne de Rosbach*, puis deux pâtisseries en renom, tenues par Roussard et Mlle Deveau. Ensuite venait un cabinet de figures de cire, appartenant à Mme George ; à côté s'élevait le café *Yon* ou café du *Bosquet*, sur l'emplacement des Variétés-Amusantes ; dans ce café on chantait des ariettes, jouait des pièces à deux et trois personnages, telles que : *la Clochette*, *la Servante maîtresse*, *les Chasseurs et la Laitière*, etc. A la suite était le deuxième cabinet de cire de Mme George ; puis venait Thévenélin et *ses automates*, il était inventeur du mécanisme qui les faisait mouvoir avec une précision extraordinaire. A côté se trouvait le père Laplace, pâtissier chéri des gamins parce qu'il donnait beaucoup de marchandise pour peu d'argent; mais la qualité n'égalait pas la quantité. Un café-théâtre, pareil à celui du *Bosquet*, venait après et était tenu par un sieur Godet ; une dame Derville, fort belle femme, lui succéda au commencement de l'empire et appela son établissement : *Café de la Victoire*; elle attirait par ses charmes force consommateurs et adorateurs. Mais un spectacle qui eut une grande réputation fut celui d'un sieur Dromale : *le Théâtre des Pygmées* ou *le Monde en miniature*. Au moyen de glaces qui reflétaient l'une dans l'autre, les tableaux de marine montraient la mer à perte de vue; l'effet était très-grand et intriguait fort les curieux; ensuite passaient des marionnettes à tringle, faisant tous les gestes imaginables ; après, un cygne venait, secouait ses ailes, les épluchait, et, dans tous ses mouvements, montrait une souplesse étonnante ; ensuite avaient lieu les métamorphoses : un âne devenait un moulin ; un trophée d'armes se changeait en tombeau de Kléber; un Chinois se transformait en paravent ; mais l'attrait le plus irrésistible, c'était ce qui se passait dehors : « C'étaient les deux niais célèbres, » Bobèche et Galimafré, ces rois de la parade, ces francs descendants de Tabarin.

Antoine, dont le père était tapissier, faubourg Saint-Antoine, et Guérin, né à Orléans, et apprenti menuisier dans le faubourg, s'étaient pris d'amitié l'un pour l'autre, et faisaient des parades pour se distraire... Les succès qu'ils obtenaient parmi leurs camarades leur firent saisir la vocation de paillasse aux cheveux et, payant de toupet, ils s'engagèrent en 1809, avec Dromale, directeur saltimbanque, à Versailles; Antoine s'appela : Bobèche et Guérin, Galimafré, noms assez bien assortis aux bouffonneries qu'ils débitaient. C'est alors que Dromale vint se fixer sur le boulevard.

Galimafré portait un costume de bas-normand, coiffé d'une perruque coupée droite et d'un chapeau à bombe, c'était le niais balourd, régalant les amateurs de spectacle *gratis* en plein air, de lazzis et de grosses plaisanteries, à la grande joie de ses habitués, ses partisans, presque ses admirateurs. Dans ses parades improvisées, qui n'étaient point soumises aux ciseaux de la censure, on remarquait parfois des traits piquants et malins dont n'aurait pas fait fi un vaudevilliste.

Bobèche, coiffé de filasse, d'un chapeau à cornes avec un papillon dessus, habillé d'une veste rouge, d'une culotte jaune, faisait les délices des Parisiens. C'était le niais malin et caustique disant parfois des vérités qui le faisaient rappeler à l'ordre par l'autorité. Dans une parade improvisée sous la restauration, il dit : « On prétend » que le commerce ne va pas, j'avais trois chemises et » j'en ai déjà vendu deux. » Voici une de ses parades :

Le maître arrive une lettre à la main : « Bobèche voici une lettre de l'un de tes amis, que je vais te lire, attendu que tu as oublié de l'apprendre. Écoute. (Il lit) : « Mon » cher ami, je dois vous annoncer que votre sœur a, de- »puis votre départ, commis quelques inconséquences, » elle en est depuis six mois à son douzième amant. » — Ah ! la misérable ! s'écrie Bobèche courroucé; je pars sur-le-champ et vais la tuer pour l'honneur de la famille. — Attendez, reprend le maître, et il continue de lire : « Par » cette conduite légère elle a gagné une dizaine de mille » francs et vous en a destiné la moitié. » Bobèche sourit. — Dans le fond c'est une bonne fille et qui a des qualités, dit-il. — Attendez encore, mon ami, répond le maître, il lit : « Par malheur des voleurs ont pénétré chez elle » en son absence et ont volé toute la somme. » — Ah ! la scélérate ! ah ! l'infâme ! crie Bobèche. Maître, ne me retenez plus, il faut que j'aille la punir. — Écoutez donc encore, dit le maître. Il lit : « Heureusement les brigands » ont été arrêtés le lendemain et on a retrouvé sur eux » la somme entière. » — Au fait, reprend Bobèche, on a peut-être calomnié cette pauvre fille. Le maître finit de lire : « Il est vrai que les dix mille francs ont été dépo» sés au greffe et qu'on ne sait quand ils en sortiront. » — Monsieur, dit Bobèche, pour former mon opinion, je vois que le plus sûr est d'attendre. »

Souvent le commissaire dut se plaindre de la longueur de leurs parades qui encombraient le boulevard de public et empêchaient la circulation.

Charles Nodier, ayant un emploi au ministère de l'instruction publique, ne manquait jamais en passant, de s'arrêter à écouter Bobèche et Galimafré. Le temps s'écoulait et il arrivait en retard à son bureau ; un jour, le ministre, mécontent de son inexactitude, lui fait une verte semonce ; Charles Nodier, qui ne savait pas mentir, avoue ingénument qu'il ne pouvait aller sur le boulevard du Temple sans entendre les plaisanteries de Bobèche et de Galimafré !... « Monsieur, lui répond le ministre, vous voulez m'en imposer, car je ne vous y ai jamais vu. »

Au-dessous des tréteaux sur lesquels les deux paradistes débitaient leurs spirituelles bêtises, était un café borgne, tenu par un sieur Bassager, et ayant pour enseigne : *A la bonne amitié.* Il ne se passait pas de journée qu'on ne s'y battît... Un jour, Monvel, de la Comédie Française, ne dédaigna pas de s'y rendre pour féliciter les deux célébrités de la parade, les aider de ses conseils et leur donner quelques farces de sa composition.

En 1814, quand les troupes alliées attaquèrent les buttes Chaumont, Bobèche et Galimafré, postés derrière une barricade de la rue de Meaux, un fusil à la main, prouvèrent qu'à l'occasion les paillasses du boulevard savaient faire autre chose que des grimaces; alors, ne voulant pas faire de parades pour les amis les ennemis, Galimafré quitta le métier, entra comme machiniste à la Gaîté, puis à l'Opéra-Comique, où, pendant trente ans, il garda le côté *cour*; aujourd'hui, c'est un paisible rentier de Montmartre aimé de ses enfants.

Sous Louis XVIII, Bobèche, arrivé à l'apogée de sa gloire, allait chez les ministres, les princes de la finance faire des parades; il n'était pas le seul, mais il avait du moins la franchise de ses actions. Il était fréquemment appelé à jouer dans les fêtes de Tivoli, qui réunissaient encore une brillante société, et il ne manquait pas de prendre sur l'affiche le titre de *premier bouffon du gouvernement* : était-ce une farce?... Ensuite, à l'exemple des grands artistes, il alla donner des représentations en province. A Douai, ayant augmenté le prix des places, les

Flamands, indignés, voulurent l'assommer ; il se sauva... *sans la caisse* ; ce fut son dernier exploit. Il prit la direction du théâtre du Pont-Neuf, à Rouen, puis se retira à Bordeaux, où il mourut, il y a peu de temps.

A la suite du théâtre Dromale était le café d'*Apollon*, ouvert dans la salle du *Théâtre sans Prétention* de Prévot; partout étaient des tables, et, moyennant une bouteille de bière, on entendait des ariettes, on voyait de petites scènes à deux et trois personnages.

A côté se trouvait un danseur de corde, puis un salon de figures de cire, tenu par un nommé Curtius dont il n'a pas encore été fait mention jusqu'à présent, quoique son salon datât de 1787. Son entrée était plus que modeste : deux lampions ornaient sa façade, un crieur était à la porte pour attirer le monde; à l'intérieur Mlle Curtius expliquait les sujets au public. Les figures étaient toujours les mêmes, changeant de costume et de nom, suivant les temps. Ainsi, le factionnaire qui gardait la porte avait déjà été garde française, puis hussard chamboran, grenadier de la Convention, trompette du Directoire, guide consulaire, lancier polonais, il en était au chasseur de la garde impériale. A l'intérieur, Geneviève de Brabant s'était changée en bergère d'Ivry, en Charlotte Corday. Louis XV et son auguste famille, étaient devenus, le Directoire et son auguste famille ; ensuite, les trois consuls et *son auguste famille*... enfin, l'empereur et son auguste famille. A droite de Curtius, si comique dans sa gravité avec son auguste famille, s'élevait une petite maison propre et élégante pour le temps. C'était la demeure de Mme veuve Nicolet, ayant à côté le théâtre de là Gaîté et le café tenu par le gros Vincent.

L'Ambigu-Comique venait après... puis le café *Chinois* ouvert par un sergent des guides de la garde, ensuite les estaminets Mangin et du Périgord, suivis d'un théâtre appelé d'abord *Patagoniens*, et après : *Théâtre de la Malaga*, parce qu'il avait délaissé son genre primitif pour la danse de corde; le directeur se nommait Leroy. Ce spectacle n'était pas sans attraits. Mlle Rose y paraissait la tête en bas et les pieds en l'air, en équilibre sur un chandelier, et simulant une bougie; Mlle Malaga y était présentée en tourterelle à la crapaudine, sur un plat d'argent. Leur voisin, Hurpie, brillait par ses Ombres chinoises. Au-dessous de lui se tenait la mère Robinet, marchande de vin : il fallait descendre une dizaine de marches pour aller dans son cabaret... Après, on voyait le théâtre *des Troubadours* où l'on jouait la tragédie et la comédie, et qui fut compris dans les vingt-cinq proscrits contraints de fermer; il portait aux nues Adèle Dromale, son premier sujet. Le café de l'*Épi-Scié*, dont beaucoup de personnes se souviennent encore, et qui représentait pour enseigne un *épi scié*, venait d'être ouvert par le couple Bernard. Le plus ancien pâtissier du boulevard séparait l'*Épi-Scié* de Dujou, l'éleveur d'oiseaux, installé dans la partie supérieure du vestibule des anciens Délassements; ses oiseaux faisaient l'exercice et jouaient de la clarinette; puis, c'était l'hôtel Foulon de douloureuse mémoire, dont l'architecture sévère jurait au milieu de cette place de la folie. Ensuite, Henneveu et son modeste restaurant, recherché, comme Bancelin, par les poëtes du temps; enfin le café Hainsselin, ouvert en 1800, terminait cette admirable ligne du boulevard du Temple.

Il y avait bien encore des bateleurs avec leurs baraques en toile et en bois : les uns montrant des lièvres qui battaient de la caisse ; des puces qui traînaient des carrosses à six chevaux ; les autres faisant voir des femmes qui pesaient huit cents livres ; des hommes qui avalaient des cailloux, des serpents, des fourchettes ; des enfants qui buvaient de l'huile bouillante, qui marchaient sur des barres de fer rouge. Sans oublier le fameux chien *Munito* défiant, au calcul, un ministre des finances... enfin, là c'est la marchande de gâteaux de Nanterre surnommée *la belle Madeleine* parce qu'elle est affreusement laide; ici le marchand d'amadou qui, affublé d'un bonnet de Jocrisse, chante sa marchandise :

Le briquet frappe la pierre,
Le feu petille à l'instant.

Plus loin, le muet avec sa voiture, ses gâteaux et sa corne pour appeler les chalands... A midi les parades commencent. Le paillasse des Ombres chinoises, Louis le borgne, avec ses saillies très-drôles, donne le signal... Le gros Rousseau, si original, lui succède en chantant à tue-tête ce couplet qui fit sa réputation par la manière dont il le disait :

C'est dans la ville de Bordeaux
Qu'est z'arrivé trois gros vaisseaux ;
Les matelots qui sont dedans
Ce sont, ma foi ! de bons enfants.

Sa façon de jouer ses chansons avec sa voix rauque et brisée, et les grimaces si comiques dont il les accompagnait, enlevaient les éclats de rire de son auditoire en plein vent.

Aux farces des paillasses se mêlent les couacs des clarinettes, le tintamarre des grosses caisses, des cymbales, des tambours, les cris des marchands, des marchandes : Ma belle orange ! Bon sucre d'orge ! Ça brûle ! A la fraîche, qui veut boire !.. C'est un tableau étourdissant de vérité... Mais l'heure de dîner approche, le boulevard devient moins bruyant ; alors paraît la belle *Fanchon la vielleuse*, la sirène du boulevard; elle va du cabaret de Bancelin à à celui d'Henneveu, puis, de là, au jardin du café Turc, chantant les couplets de Collé, de Piron, de l'abbé Lattaignant, recevant, partout, force compliments et voyant emplir de monnaie blanche son petit plateau. Mais un spectacle tout différent attendrit bientôt les promeneurs : une pauvre femme, affublée d'une robe de gaze, au cœur de l'hiver, et accompagnée d'un vieux comédien de province, vient se placer sur le boulevard et chanter les duos du *Tableau parlant*, de *Blaise et Babet*, faisant tous les deux des gestes, des agaceries comme s'ils étaient sur le théâtre. Quand la scène est jouée, le vieillard fait humblement la quête en disant : « Messieurs, ayez pitié de Mlle Masson, qui a fait courir tout Paris pendant deux cents représentations dans *la Belle au bois dormant*, jouée sur ce boulevard. » Ce spectacle fait peine à voir, les larmes viennent aux yeux en songeant à ce que cette femme a été et à ce qu'elle est, et l'on met son aumône dans le chapeau du vieillard.

La nuit venue, les grands théâtres ouvrent leurs portes à deux battants, et le public va pleurer, frémir, rire en voyant les Tautin, Dufresnoy, Révalard, Vicherot, Lafitte, Corse, Gougibus, Raffile, Picardeaux, Blondin, Beaulieu, Béville, Stokley père et fils, Lafargue, Defrêne, Basnage, Grévin, Christmann, Duménil, Marty, etc. Les dames Bourgeois, Julie Diancourt (la belle), Dumonchel, Hugens (la sensible), Adèle Dupuis (la sentimentale), Lemesnil, Nongaret, Rougemont, Éléonore, etc.

Tous les jours de l'année s'écoulaient de la sorte; n'était-ce pas réellement une foire perpétuelle !

Mais comme rien n'est stable et que tout passe dans ce monde; tous ces talents gracieux ou sérieux, tous ces types grotesques, comiques, disparurent peu à peu. D'abord ce fut l'enchanteresse *Fanchon*, puis mesdemoiselles Rose et Malaga, puis la belle Madeleine, puis le marchand d'amadou, puis les acteurs en renom, puis les actrices aimées... puis les paillasses Rousseau et Leborgne... puis Galimafré... puis Bobèche... puis... puis, on était en 1816.

VI

Autre temps, autre mode; le petit-neveu de Taconnet.

Après la mort successive des directeurs Corse et de Puisave, la veuve de ce dernier resta seule à la tête de l'administration de l'Ambigu jusqu'en 1823, où le fils Audinot rentra dans le privilége paternel et s'adjoignit MM. Franconi et Sennepart.

En 1826 Audinot mourut, Franconi se retira, et Sennepart, resté seul directeur, s'associa à M. Schmoll; mais pour peu de temps, hélas! car dans la nuit du 13 au 14 juillet 1827, anniversaire de la mort d'Audinot, l'Ambigu fut consumé... On venait de répéter après le spectacle, afin d'essayer l'effet d'un feu d'artifice qui devait avoir lieu dans *la Tabatière*, mélodrame; quelques intants après, le feu éclatait et se communiquait avec une rapidité surprenante; en moins d'une heure, tout était détruit, à l'exception seulement des bâtiments, qui donnaient sur la rue Basse, qui furent préservés.

Après ce désastre, le 19 du même mois, un nouveau privilége était accordé à la veuve du fils Audinot et à M. Sennepart... Par des raisons de sûreté pour les théâtres voisins, l'Ambigu dut quitter le boulevard du Temple son heureux berceau, pour aller se fixer sur le boulevard Saint-Martin, où il fit longtemps de mauvaises affaires. Ce fut le premier changement qui eut lieu sur le boulevard du Temple.

La Gaîté perdit aussi son directeur, M. Bourguignon, décédé le 19 décembre 1816 ; sa veuve continua à diriger, d'abord avec M. Dubois, puis avec M. Dupetit-Méré; quand elle mourut le 11 mai 1825. M. Guilbert de Pixérécourt obtint le privilége et s'associa pour la direction MM. Dubois et Marty... Mais le ministère imposa Martainville comme directeur associé, dans le seul but qu'il lui fût fait une pension... C'était un moyen adroit de ne pas ouvrir les cordons de la bourse des royalistes.

Lors de l'avénement de Louis XVIII au trône, l'ancien Théâtre des Associés devenu Théâtre patriotique, puis sans Prétention et, en dernier, Café d'Apollon, tenu par un sieur Lannois, changea encore une fois.

Mme Saqui, s'intitulant première acrobate de France et exerçant illicitement son art sur la scène du Café d'Apollon, sollicita et obtint le privilége de ce théâtre qu'elle rouvrit sous le nom de *Théâtre Saqui.* Malgré la condition qui lui fut imposée de ne faire paraître que des danseurs, des sauteurs, de ne jouer que de petites pantomimes, peu à peu, les pantomimes grandirent, les sauteurs bondirent sur le vaudeville et les danseuses firent un entrechat dans la comédie mêlée de chant, et Mme Saqui traversait la salle sur une corde *roide* allant du fond de la scène aux troisièmes galeries, sans s'inquiéter des heureux habitués du parterre qui ne fermaient pas les yeux, comme le ministère, sur les empiétements de l'acrobate. Cependant Curtius, dont le factionnaire, la veille chasseur de la garde impériale, s'était réveillé le lendemain tambour de la garde royale, sans faire plus de bruit pour cela, et dont la majesté et son auguste famille après avoir été tour à tour Alexandre, Guillaume, François, était pour le moment Louis XVIII et son auguste famille, n'occupant pas tout le terrain qui l'entourait, avait vu se dresser à côté et derrière lui, une baraque où l'on faisait des tours de force, où l'on dansait sur la corde, pendant l'empire. Encouragé par l'exemple de Mme Saqui, en 1816, un sieur Bertrand obtint d'ouvrir, par tolérance, ce petit théâtre avec le titre de *Funambules*, qui signifie danse de corde.

A la gauche de Mme Saqui était le spectacle de Dromale que le départ de Bobèche et de Galimafré avait fait fermer.

Un nommé Provot lui succéda et donna à sa baraque le titre de *Petit-Lazari*, nom emprunté au malheureux directeur des Variétés-Amusantes... Ce Provot faisait jouer des marionnettes dont les rôles étaient parlés par un homme et une femme placés dans la coulisse. C'était moins gai que Bobèche.

A côté des figures de cire de Mlle George, c'est-à-dire deux maisons plus bas, un marbrier, M. Dallemagne, venait de faire bâtir une petite maison de deux étages, portant le numéro 50 et ayant un chemin qui conduisait à la rue des Fossés-du-Temple et appelé *Passage du Marbrier*. Plus loin, le café de la Colonne de Rosbach, avait disparu pour faire place à Goupil, restaurant dont la renommée fut grande. Henneveu avait cédé son fonds à Hyardin. Celui-ci venait d'être remplacé par Deffieux, qui jouissait d'une grande réputation et avait la spécialité des noces, des repas de corps.

Quant à Bancelin, son cabaret était toujours le même, ainsi que ses voisins; pourtant il en eut un nouveau d'une singulière façon et qui mérite d'être racontée :

Dans un enfoncement de la rue de l'Égout-Sainte-Catherine, se trouvait en 1826, une échoppe de cordonnier; un gros réjoui, surnommé dans le quartier, Roger-Bontemps, au teint enluminé, au nez en l'air, au bonnet de coton sur le coin de l'oreille, riant toujours, chantant du matin au soir des couplets de Taconnet, dont il se disait le petit-neveu, était tout à la fois le propriétaire, le locataire et le portier de cette maison de bois.

Du premier janvier à la Saint-Sylvestre, Roger se levait avec le soleil mais ne se couchait pas toujours avec lui ; cela arrivait régulièrement le dimanche et le lundi de chaque semaine, parce que ces jours-là, il allait rendre visite au petit Ramponneau : — Ramponneau! disait-il avec une solennité comique, nom chéri dans ma famille d'oncle en neveu. — Un lundi soir, Roger-Bontemps, après avoir bu plus que de coutume avec une demi-douzaine de rapins, dont il avait fait connaissance à la porte de Ramponneau, était rentré, non sans peine, en décrivant des cercles, battant les murs tout le long de son chemin, s'était couché, puis endormi, bercé par les vapeurs d'un petit bleu agréable ; alors les six élèves de Raphaël, ses compagnons, qui l'avaient suivi à distance, s'approchèrent de l'échoppe, écoutèrent et, entendant Roger ronfler, se mirent en devoir d'exécuter leur projet. Munis de deux énormes et longs bâtons, de fortes courroies, le tout déposé d'avance dans le quartier, chez un des leurs, après avoir amené l'échoppe avec précaution dans le milieu de la rue, ils passèrent les courroies dessous, les fixèrent de chaque côté aux deux bâtons, de façon à pouvoir porter la maison de bois comme une chaise à porteurs ; quatre rapins prirent les extrémités des bâtons et, se relayant de temps en temps, enlevèrent l'échoppe et son locataire, qui ronflait comme un bienheureux. Il était deux heures du matin ; Paris était livré au sommeil et à la *brigade de sûreté*, qui ne mettait en sûreté personne du temps de M. de Villèle ; aussi les rues étaient-elles complétement désertes, surtout dans le Marais. Les six porteurs ne craignaient donc pas d'être dérangés dans leur voyage nocturne ; ils suivirent la rue Saint-Louis, prirent la rue Neuve-Ménilmontant, arrivèrent au boulevard et vinrent déposer leur lourd fardeau sur l'emplacement d'une baraque démolie depuis peu, et qui était adossée au parapet de la rue Basse, en arrière du poste de la Galiote, fermé, en ce moment, pour cause de réparations. Les rapins se débarrassèrent des bâtons et des courroies et, au point du jour, dès que le cabaret de *la Galiote* fut ouvert, s'installèrent dans la salle, devant une fenêtre, d'où l'on voyait parfaitement l'échoppe du cordonnier, attendant, en compagnie de quelques bouteilles de champagne, le réveil de Roger-Bontemps.

Au bout d'une heure à peu près, la porte de la maison de bois s'ouvre; le cordonnier, le bonnet de coton sur les yeux, encore à moitié endormi, ôte ses deux volets en fredonnant et sans rien remarquer, puis, va prendre son pot au lait pour acheter sa crème de tous les matins... Mais, oh! surprise! il ne voit plus de laitière sous la porte cochère en face; plus de maisons autour de lui!... des arbres partout!... Étonné, stupéfait, il se frotte les yeux, relève son bonnet de coton, regarde de nouveau, croyant rêver... se tâte, doutant de son identité,... examine l'échoppe afin de s'assurer qu'il ne s'est pas trompé la veille et qu'il n'a pas envahi l'établissement d'un confrère; mais non, c'est bien son immeuble, son enseigne, son mobilier... Comment! il s'est couché rue de l'Égout-Sainte-Catherine et se réveille boulevard du Temple! Un tel miracle passe son imagination; il interroge les passants pour savoir s'il n'y a pas eu un tremblement de terre dans la nuit, on lui rit au nez; il insiste, on le traite de fou... en effet il s'en faut de peu qu'il ne le devienne... Pendant ce temps les rapins, dans leur salle, se tordent de rire, au point d'être malades... Soudain Roger prend une résolution, jette en l'air son bonnet, en disant : Ma foi, je suis ici, j'y reste ! tant pis pour mes créanciers!... Et, pour se remettre de son émotion, entre au cabaret ; mais quel n'est pas son étonnement en retrouvant ses compagnons de Ramponneau ; les rapins avouent à Roger le tour qu'ils lui ont joué. Tout le monde se met à rire ; alors, un déjeuner, copieusement arrosé, paye la bienvenue de Roger dans son nouveau quartier.

Le bruit de cette aventure se répandit bientôt sur toute la ligne du boulevard, on alla voir Roger-Bontemps le petit-neveu de Taconnet, dans son échoppe, et toutes les bonnes du Marais lui donnèrent leur pratique.

Pendant que ce côté du boulevard avait ses changements, le côté gauche ne restait pas stationnaire : La Rotonde de Paphos avec son numéro 110, avait fermé boutique, ses jardins se garnissaient de petites maisons d'un étage, ou seulement formant boutiques. En 1820 on avait ouvert un passage bâti, d'abord en planches, appelé *Vendôme* et donnant dans la rue de ce nom ; M. Castellano commença de le faire construire, mais les travaux furent bientôt suspendus, et M. Bertrand, devenu propriétaire de cet immeuble, le fit achever.

A coté du *café Turc*, au coin de la rue Charlot, un sieur Bonvalet ouvrit une boutique de marchand de vins traîteur, fréquenté d'abord par les ouvriers du quartier ; il s'acquit, en peu de temps, une réputation de bonne maison. De l'autre côté de la rue, sur le boulevard, s'ouvrit également un restaurant, *le Cadran-Bleu*, qui, par sa grande vogue, fut un rude rival pour Goupil.

Mais un événement qui fixa l'attention générale, fut la construction d'un nouveau théâtre, entre l'ancienne salle des Variétés-Amusantes et le traiteur Goupil, au n° 30 actuel ; on l'appela *Panorama dramatique.* Ce privilége était donné à M. Allaux aîné, l'inventeur du *Néorama.* M. Langlois en prit la direction. Le privilége acccordait le droit de jouer le drame, la comédie, le vaudeville, mais à la condition de n'avoir jamais plus de deux acteurs en scène ; une pareille restriction ne voulait-elle pas dire : Vous mourrez avant d'avoir vécu? La salle bâtie avec goût, ayant une façade élégante et monumentale, pouvait contenir quinze cents personnes. Le rideau était fait de glaces qui disparaissaient dans les dessous. Les artistes, Tautin, qui avait fait les délices du boulevard, Bertin, Malchior, Dubier, Gauthier, Vautrain, Mmes Langens, Gobert, Mercier, Florville, Mariany, Lili Bourgoin, nièce de Bourgoin de la Comédie Française et les danseurs Renauzy, Bertollo, Bégrand, joint aux dames Ambroisine, Adèle, Paillier, Varnier, Chéza, étaient tous remplis de zèle, de bon vouloir.

Le théâtre inaugura par *Monsieur Boulevard.* Bouffé et Serres commencèrent sur cette scène. Bouffé débuta dans *la Petite Lampe merveilleuse* et *le Pauvre Berger.* Le rôle du berger lui convenait bien, et fut parfaitement joué par lui. C'était un pauvre diable qui, pour quelques pièces d'or, se déclarait coupable d'un crime qu'il n'avait pas commis. La direction, voulant donner plus de vérité à la mise en scène, fit venir un troupeau de moutons véritables, qui étonnèrent à la répétition par la docilité avec laquelle ils marchaient au son de la cornemuse, obéissaient à la houlette... On comptait sur un grand effet... Quand vint la représentation, au moment voulu, le troupeau déboucha dans un désordre plein d'ordre, il bêla en cadence et juste, se groupa pittoresquement autour du pâtre; alors, le public charmé fit entendre de nombreux applaudissements qui ébranlèrent la salle et les moutons aussi. Malheureusement, on n'avait pas prévu l'effet que produirait sur ces bêtes inoffensives un pareil tintamarre; soudain, le désordre se met dans les rangs, un bêlement de sauve-qui-peut amène la défection générale du corps; le plus intrépide mouton, pour la fuite, s'approche de l'ouverture de l'avant-scène de rez-de-chaussée de gauche, s'y précipite tête baissée, les autres suivent la même route; des dames qui occupaient cette loge, effrayées de cet assaut, crient en désespérées, les musiciens, armés de leurs instruments, font un houra en masse pour empêcher l'invasion de leur orchestre par la race ovine... Les éclats de rire partent de tous les points de la salle et augmentent, s'il se peut, la panique moutonnière... La mêlée dura plus d'une heure... Enfin, la garde, aidée de quelques garçons bouchers, parvint, non sans difficultés, à ramener les réfractaires au bercail.

Le lendemain, la direction se contenta de brebis découpées en bois et peintes par un artiste en bergerie.

Le théâtre du Panorama dramatique, après avoir vécu deux ans, ferma faute de public. Peu de temps après la salle fut démolie pour élever à la place une maison de six étages.

Quelques années plus tard un autre théâtre se fixait

sur le boulevard du Temple, mais pour y fournir une carrière plus longue et plus heureuse que ce pauvre Panorama. Vers 1786, un Anglais nommé Astley avait fondé dans le faubourg du Temple, sous le nom de *Cirque-Olympique*, une exploitation tout équestre; puis, lors de la révolution, voulant retourner dans son pays, il céda son entreprise à Franconi père. Peu à peu ce genre prit de l'extension; un théâtre fut construit dans le manége et l'on y joua des pantomimes. Transporté du faubourg au jardin des Capucines, le Cirque fut cédé par le père Franconi à ses deux fils : Laurent et Minette. En 1807 ils allèrent rue Mont-Thabor, et commencèrent à donner des pantomimes ou mimodrames dialogués, dans lesquels les chevaux jouaient souvent des rôles principaux. En 1809, les Franconi revinrent au faubourg du Temple, dans une salle réparée et agrandie; la vogue les y accompagna. Le fameux singe *Coco* fit merveille, ainsi que la chèvre acrobate dansant sur la corde roide; le cheval gastronome, buvant, mangeant comme un convive, se promenant dans le manége d'un air câlin, croquant les gimblettes et léchant la joue des petits enfants comme un caniche; l'éléphant Kiouny distribuant des fleurs aux dames, dansant la gavotte; Martin dans sa fosse, au milieu des lions, des tigres, des hyènes, des panthères. « Le règne des bêtes est venu, dit Brazier en passant en revue tous ces animaux; j'ai peur qu'il ne soit long, car leur intelligence confond celle de beaucoup d'hommes qui croyaient avoir de l'esprit. »

Dans la nuit du 15 au 16 mars 1826, après une représentation de *l'Incendie de Salins*, le feu détruisit la salle et le théâtre. Un vendeur de journaux, nommé Jocko, par son intrépidité sauva plusieurs personnes qui allaient périr par les flammes ; les nouveaux directeurs, en récompense de son dévouement, lui donnèrent l'autorisation de vendre dans la salle sans payer de droit à l'administration. Le nouveau théâtre du *Cirque-Olympique* fut construit sur le boulevard entre l'*Ambigu* et l'hôtel Foulon, sur des terrains occupés, dans le principe, par les cafés *Chinois*, du *Périgord*, le théâtre de la Malaga, les Ombres chinoises d'Hurpie, le théâtre des *Troubadours* et le café de l'*Épi-Scié.* Ce café de l'*Épi-Scié* avait la spécialité d'être le lieu de rendez-vous de tous les repris de justice première catégorie, c'est-à-dire en habit et en souliers vernis ; un étranger qui serait allé dans ce café eût été bien surpris si on lui eût dit que plus de la moitié de ces élégants, qu'il voyait fumant leur cigare, prenant leur demi-tasse, avaient une marque sur l'épaule. Le 31 mars 1827, le nouveau théâtre, sous la direction de MM. Ferdinand Laloue, Villain de Saint-Hilaire et Adolphe Franconi, ouvrit par *le Palais, la Guinguette et le Champ de bataille*, pièce en 3 actes. Ce fut un succès auquel contribuèrent Francisque, artiste d'un grand mérite, Édouard, Chéri, Thibouville, Signol, et mesdames Hantel, Caroline Delarue, Valmont, Gratienne, Tigée et Milot, la vivandière par excellence.

L'aspect du boulevard n'était plus le même. Des maisons avaient été bâties, les petits fossés comblés ; les boutiques garanties par des grilles en bois ou en fer, à hauteur d'appui, et les théâtres, ayant des auvents soutenus par des colonnes posées sur le sol, avaient un air de propreté, presque d'élégance, qui n'existait pas avant; leurs devantures étaient pavées... Plus de saltimbanques, plus de parades... plus de grosse caisse... Au bruit avait succédé le calme, peut-être la monotonie... Le rentier du Marais pouvait venir rêver à son aise sous l'ombrage des arbres qui peuplaient cette promenade...

Mais bientôt le calme cessa, l'ombrage disparut... Le canon gronda!... Les arbres tombèrent avec le gouvernement de Charles X... C'était les trois journées de Juillet!...

Le garde royal de Curtius était devenu garde national; et Charles X et son auguste famille s'étaient transformés en Louis-Philippe Ier et son auguste famille.

VII

Le boulevard du Temple après 1830.

La révolution de 1830 changea le goût du public pour le théâtre. Le vieux mélodrame, avec ses phrases rédondantes, n'électrisait plus personne; il dut céder la place au drame romantique... Les tyrans, les chevaliers, les enfants au berceau courageux et persécutés, les brigands, les vertueux vieillards, s'inclinèrent devant les adultères, les homicides, les parricides, les fratricides, les infanticides, les jeunes filles innocentes et calomniées... Les amateurs de fortes émotions eurent de nouveaux sujets de trembler, de frémir, de verser des torrents de larmes.

Le théâtre du Cirque comprenant que, dès lors, son succès reposait sur l'exploitation des sujets nationaux, éleva le mimodrame jusqu'à la hauteur du drame son voisin, et *la Prise de la Bastille*, et dix ouvrages magnifiques de décors et de mise en scène tracèrent la grande épopée de Napoléon Ier, depuis l'école de Brienne jusqu'au tombeau de Sainte-Hélène. L'acteur Edmond eut la mission de représenter le grand capitaine dans toutes les phases de sa vie guerrière et politique, et il s'en acquitta à la satisfaction générale.

Le théâtre de la Gaîté, après avoir fait d'excellentes recettes avec *le Chien de Montargis*, se rappelant l'heureux succès du *Pied de Mouton*, voulut avoir son pendant, et monta *le Petit Homme rouge*, féerie; ne s'effrayant pas de la panique des brebis qui fit tant rire au Panorama dramatique, il présenta au public une vingtaine de brebis bêlant d'accord et venant, dans un aimable abandon, manger dans la main de Mme Lemesnil, leur gracieuse gardienne. La féerie, la bergère et les brebis firent merveilles.

1830 fut favorable à deux petits théâtres. Frénoy, l'ancien acteur de l'Ambigu, avait acquis la propriété du théâtre *Lazari*, dont la maison fut élevée de trois étages; la direction Provot, faisant de mauvaises affaires, Frénoy, l'ex-Talma du boulevard, prit cette direction, et, profitant du nouvel état de choses, substitua aux marionnettes des acteurs vivants, jouant avec les décors des fantoccini... Rien n'était plus comique comme de voir entrer en scène ces acteurs forcés de passer en se baissant sous les bandes d'air. Le trou du souffleur était au milieu du théâtre; il se trouvait, par conséquent, derrière les personnages, lorsque ceux-ci descendaient à l'avant-scène. Frénoy représentait des drames, des vaudevilles; ce droit lui fut contesté, mais on n'osa pas, alors, faire de la rigueur, et cette tolérance eut force de droit. Après la mort d'Audeville, dit *Frénoy*, sa veuve continua à tenir la direction.

Le second théâtre, qui eut aussi plus de liberté et améliora sa position, fut *les Funambules*. Le directeur Bertrand supprima la danse de corde et la remplaça par des vaudevilles; mais il eut le bon esprit de ne pas renoncer à ses pantomimes-arlequinades dialoguées, et bien lui en prit, car un homme exceptionnel, un de ces artistes qui font époque dans la vie d'un théâtre, dont ils deviennent la fortune tout en restant pauvres, venait de débuter chez lui... Cet artiste de talent c'était Deburau. Il en sera parlé plus loin.

Le boulevard suivait également la marche du progrès; les pavés qui garnissaient ses côtés étaient remplacés par des dalles, les masures disparaissaient pour faire place à de belles maisons. Les figures de cire étaient fondues, Curtius et son auguste famille avaient fermé boutique, et un marchand de vin s'était installé à leur place. Mme George et les automates de Thévenélin avaient cédé leur local à un sieur Barféti, qui rêvait une spécialité dans le genre de celle de *l'Épi-Scié*, et qui briguait l'honneur de remplacer cet honnête établissement; il ouvrit un estaminet appelé *Café des Mille-Colonnes*. Cet endroit devint bientôt le rendez-vous des rôdeurs du boulevard ; dans une salle longue se trouvaient trois billards qui, dès la nuit venue, étaient envahis par une bande d'hommes en blouse, faisant cercle et jouant la poule à deux sous le numéro ; tout autour étaient des tables et des tabourets où s'installaient les joueurs de cartes. L'entrée était libre ; on pouvait aller, venir, regarder faire les parties, sans rien consommer. Un garçon était chargé d'organiser les jeux, et se promenait toute la soirée en disant : « On demande un joueur, deux joueurs pour le piquet, l'écarté, le lansquenet, etc. ; » puis, un autre garçon criait de temps en temps : « Un joueur à la poule ! » A part cela, il régnait un profond silence, qui n'était interrompu que par le choc des billes. On eût dit une assemblée de muets, et cependant, il y avait au moins, tous les soirs, plus de cent individus qui restaient jusqu'à minuit. Lorsque la police avait une arrestation à opérer, elle faisait fermer les portes et s'emparait de tout le monde, disant comme Basile, avec sa variante : « Ce qui est bon à prendre est bon... à garder. » Aussi, malheur à ceux qui n'avaient pas de papiers sur eux... Comme on le voit, ce n'était pas la crème de la société qui fréquentait ce café.

On était au commencement de l'année 1835, le théâtre de la Gaîté jouait *Latude*, dont le succès ne se ralentissait pas, bien que la pièce fût à sa quatre-vingt-cinquième représentation ; les directeurs, de Pixérécourt, Dubois et Marty, venaient de traiter de leur entreprise avec Bernard-Léon, qui l'avait achetée cinq cent mille francs, lorsqu'un incendie affreux consuma cette salle, déjà deux fois reconstruite. Une féerie, *le Bijou ou l'Enfant de Paris*, montée à grands frais, devait être jouée le lundi 23 février. Le samedi 21, à l'avant-dernière répétition générale, après le spectacle, on venait d'essayer l'effet d'une scène qui devait être accompagnée par le tonnerre, les éclairs... L'employé qui tenait la flamme destinée à figurer l'éclair l'approcha imprudemment d'une toile de frise; un morceau d'étoupe se détacha du flambeau, mit le feu à cette frise, qui, aussitôt, le communiqua à toutes les autres. En moins d'un quart d'heure le théâtre était en feu... Des dépenses considérables dévorées par les flammes, de nombreuses familles sans ressources, furent le résultat de cet affreux désastre.

C'était vraiment pitié de voir Bernard-Léon, cet honnête homme, ce bon comédien qui avait fait tant rire au Gymnase et au Vaudeville, pleurer sur les ruines de la Gaîté.

Des représentations au bénéfice de Bernard-Léon furent organisées, et il se mit à l'œuvre pour faire reconstruire son théâtre, qui rouvrit, le 19 novembre de la même année, par trois pièces nouvelles : *Vive la Gaîté!* prologue; *la Tache de sang*, drame; et *le Tissu d'horreurs*, folie. MM. L'Hérie, Lebel, et Mlle Nongaret, remarquable autant par sa beauté que par son talent, débutèrent dans ces trois ouvrages. Mais le fait le plus remarquable de la soirée fut l'entrée en scène de Bernard-Léon dans *le Tissu d'horreurs;* dès qu'il parut, la salle faillit crouler sous les applaudissements. L'émotion de l'excellent comédien était telle qu'il ne pouvait contenir des larmes d'attendrissement.

Le théâtre eut sur sa façade cette inscription :

THÉATRE DE LA GAITÉ

FONDÉ EN 1760 par J. B. NICOLET reconstruit en 1808	INCENDIÉ LE 21 FÉVRIER 1835 Réédifié en fer et rouvert la même année, le 19 novembre BOURLAT, ARCHITECTE

VIII

La machine infernale du boulevard du Temple.

La maison du boulevard du Temple n° 50, propriété de M. Dallemagne, dont la boutique était occupée par M. Travault, marchand de vins, le premier étage par M. Paul, fabricant de billards, et Mme Andrener, le second étage par Mmes Boillot et Chimène, avait, à ce même étage, un logement vacant composé de deux pièces, l'une donnant sur le boulevard et ayant une jalousie, l'autre donnant sur la rue Basse.

Au commencement du mois de mai, un homme d'une quarantaine d'années, de petite taille, aux cheveux et sourcils châtains, au visage rond, aux yeux bruns profondément enfoncés dans leurs orbites, au regard fauve, disant s'appeler Gérard et être mécanicien, vint louer le logement libre et paya un demi-terme d'avance, n'ayant que peu de meubles pour le garnir. Il était accompagné d'un individu âgé de soixante ans à peu près, qui se nommait Morey, et se faisait passer pour l'oncle de Gérard.

Le nouveau locataire apportait de temps en temps des morceaux de bois façonnés d'une manière étrange ; puis, un jour, un commissionnaire vint chargé d'une malle fort lourde, qui renfermait, à ce que prétendit Gérard, des liqueurs. Il descendit avec une bouteille de cognac pour en donner à goûter aux locataires.

On était au 28 juillet, cinquième anniversaire des trois journées ; toute la garnison et toute la garde nationale de Paris et de la banlieue étaient rangées sur deux lignes tout le long des boulevards, depuis la rue de la Paix jusqu'à la place de la Bastille. La septième légion, qui occupait la partie du boulevard du Temple devant le café *Turc*, dut reculer du côté de la rue des Filles-du-Calvaire et céder sa position à ta tête de la huitième légion, l'arrivée de nouvelles troupes dans le haut du boulevard ayant motivé ce mouvement. Plusieurs gardes nationaux quittèrent à regret le jardin du café *Turc* pour suivre leur compagnie.

La terrasse du jardin Turc était littéralement remplie de dames en riches et élégantes toilettes ; de tous côtés le boulevard était encombré par une foule compacte : c'est que la journée s'était annoncée sous les plus beaux auspices, un temps superbe favorisait l'une des plus belles revues dont la capitale eût jamais été témoin ; les visages respiraient la joie, la confiance. Le roi, entouré de ses fils et d'un état-major où l'on remarquait l'élite des illustrations civiles et militaires, achevait la revue de la seconde ligne d'infanterie ; il était parvenu au boulevard du Temple entre midi et une heure, et passait devant le front de la huitième légion, quand tout à coup se fait entendre une détonation semblable à celle d'un feu de peloton mal ordonné ; à ce bruit succède aussitôt un désordre effroyable. C'est une affreuse machine, une machine infernale, qui vient de vomir une grêle de balles et de mitraille sur le groupe qui entoure le roi et sa famille. Le maréchal Mortier, duc de Trévise, tombe baigné dans son sang, et expire sans proférer une parole ; M. Thiers est couvert de ce sang si glorieusement versé tant de fois pour la patrie ; le général Lachasse de Vérigny est frappé mortellement au front ; le colonel Raffé reçoit une balle dans le flanc gauche ; l'aide de camp comte de Villate, le lieutenant-colonel de la garde nationale Rieussac, les gardes nationaux Léger, Ricard, Prud'homme, Benetter, Inglar, Handenos, Labrouste, Leclerc, les dames Briosne, Lederney, Lagornée, les demoiselles Remy et Allizon, tous expirent au milieu des chevaux, qui se cabrent, et d'une foule épouvantée, exaspérée, que rien ne peut contenir à l'aspect de cet effroyable assassinat.

Les généraux comte de Ceilbers, baron Brayer, Pelet, Heymès, Blin, les gardes nationaux Charamande, Marion, Gorret, Amory, Bouvet, Royer, Barraton, Roussel, Frachebon, les dames Amory, Hardouin, Leclerc (cette dernière a la jambe cassée en plusieurs endroits), les deux sœurs Lederney, les demoiselles Clarisse Remy (une balle dans le bas-ventre), Rose Allizon, Françoise, et un enfant de douze ans, Gorret, sont tous blessés plus ou moins grièvement. Le général Heymès eut son habit percé de quatre balles, une cinquième l'a blessé assez grièvement à la figure; le duc de Broglie a reçu une balle dans le collet de son habit; le cheval du roi a reçu une chevrotine dans le cou; les chevaux du duc de Nemours et du prince de Joinville ont été blessés, l'un au jarret, l'autre au flanc.

Enfin, dans ce tumulte impossible à décrire, s'élève un cri répété partout : « Le roi n'a rien, aucun des prin» ces n'est blessé! » En effet, le roi, au moment où le duc de Trévise mourait, se baissait pour prendre une pétition qu'une pauvre femme, fendant la foule pour arriver jusqu'à lui, lui présentait; et aussitôt il se tournait vers M. Thiers, à qui il serrait la main, en disant : « Je ne suis pas blessé. » Cependant il eut une balle qui lui effleura le front... Le roi, ému au milieu de tant de victimes, poussa son cheval dans les rangs de la garde nationale, et continua sa route presque porté par elle, au milieu d'innombrables cris de vengeance.

Le jardin *Turc*, transformé en ambulance, recevait les nombreux blessés et les cadavres de tant d'infortunées victimes.

Quel spectacle affreux!... Le maréchal Mortier, après avoir, pendant trente années, été respecté des boulets sur les champs de bataille, lui, ce soldat de fortune de la République, ce combattant de l'armée de Sambre-et-Meuse, la pépinière des bons généraux de l'Empire, lui que Napoléon avait mis à la tête de l'infanterie de sa vieille garde, mourir ainsi sans voir l'ennemi en face, mourir misérablement l'épée dans le fourreau, un jour de revue, et frappé par un assassin! Et ces braves militaires qui ont versé leur sang pour le pays, les voilà mutilés, expirants, ou morts atteints d'un plomb homicide qui a décimé au hasard! Et ces gardes nationaux, si heureux au début de la journée, morts aussi! Et ces familles joyeuses, qui se sont comptées après cet événement horrible et ne se sont plus retrouvées en nombre, et pour qui un jour de fête s'est changé en un jour de deuil public! Que de douleurs, que de larmes répandues!

Les coups de feu étaient partis du second étage de la maison n° 50, située en face du jardin Turc; en une minute, la maison fut investie par la garde nationale qui bordait le boulevard; on s'élança jusqu'à la chambre barricadée et encore fumante du coupable: c'était celle occupée par Gérard. Une machine infernale, présentant un plan incliné, montée sur quatre pieds en chêne, et combinée de manière à pouvoir s'élever et s'abaisser à volonté, sur laquelle étaient rangés vingt-quatre canons de fusil chargés jusqu'à la gueule de balles et de chevrotines, fut trouvée... Une traînée de poudre avait été pratiquée; le feu, mis à cette traînée par Gérard au moment où le roi passa, produisit la terrible détonation qui fit tant de victimes.

Le meurtrier, quoiqu'il eût trois blessures à la tête, faites par des fusils qui avaient éclaté, voulut fuir, et, ne perdant pas une minute, ayant attaché une corde à la fenêtre donnant sur la rue Basse, il s'élança par cette fenêtre. La dame Boillot l'aperçut la figure ensanglantée, se glissant le long de la corde; un agent le vit aussi, et lui cria: « Misérable, nous te tenons! » A l'instant Gérard, qui était à la hauteur d'un mur, s'élança par-dessus ce mur et tomba dans une cour voisine ; mais il y trouva un autre agent qui s'empara de sa personne. Il fut placé sur un brancard et transporté à la Conciergerie au milieu des imprécations de la foule.

Cependant le roi continua sa revue et le défilé, qui se fit au milieu de transports impossibles à dépeindre... L'ordre fut donné de suspendre toutes les réjouissances publiques, dont tous les apprêts avaient déjà disparu.

Lors de l'événement, Mme Andrener était à sa fenêtre, au-dessous de celle d'où partit la détonation ; la terreur dont elle fut saisie et la commotion violente qu'elle éprouva mirent un instant ses jours en danger.

Le coupable, dans son premier interrogatoire, déclara se nommer *Joseph Fieschi*, être né à Murato en Corse. Il désigna comme ses complices : Pierre Morey, Théodore-Florentin Pepin, épicier, Boireau et Bescher. Bescher fut acquitté, Boireau, condamné à la déportation ; mais Pepin, Morey et Fieschi furent condamnés à la peine de mort.

La vanité, la causticité d'esprit, formaient les traits saillants du caractère de Fieschi ; pourtant il avait le sentiment de la reconnaissance, car, se croyant l'obligé de M. Lavocat, lieutenant-colonel de la garde nationale, lorsque, placé derrière la jalousie de sa fenêtre, il le vit au milieu de l'état-major du roi, sa vue se troubla, sa tête se perdit ; il baissa la machine et ne sut comment il mit le feu. Telle fut sa déclaration lorsqu'il subit les interrogatoires.

Le 27, Fieschi resta avec Morey, qui avait procuré la

poudre et les balles, de cinq à neuf heures du soir, pour charger les canons de fusil.

Pendant les questions de la commission des pairs, lors de son jugement, Fieschi prit M. de Montalivet à part, et lui dit que cette grande catastrophe ne serait pas arrivée si, étant ministre, il avait fait droit à sa demande d'un emploi; M. l'intendant général regretta de l'avoir confondu dans la foule des solliciteurs, puis regardant la toilette du prisonnier : « Comment, M. Fieschi, ajouta M. de Montalivet, vous portez un pantalon de toile en hiver; n'auriez-vous que celui-là? — Oh! pardon, j'en ai un en drap bleu, mais je le conserve pour le procès, car je veux paraître décemment devant mes juges. » Le lendemain, M. de Montalivet envoya à Fieschi un habillement complet, dont celui-ci dit vouloir se vêtir le jour de son exécution.

Voici un fragment de lettre adressée par Fieschi à un de ses compatriotes dont il sollicitait la visite :

« Avant morir, je tiens aussi à prouver à la France et
» au monde entié que je suis un cran couppable; cet un
» titre que j'ai mérité, mais que chez moi, qu'il existe
» encore de qualité, et cette seule pansée tranquilise
» mon faible cœur ; au reste, mon parti est pris; advien
» qu'il poura; en Corse, ja n'ai jamais fait profession de
» lâche, je suis coupable, je regret mes victimes plus
» que ma vie. »

Fieschi avait été soldat en Sicile et s'était toujours conduit bravement et loyalement. Il fut en quelque sorte entraîné par Morey et Pepin à commettre l'horrible attentat du 28 juillet; il assura que, s'il avait pu rendre l'argent qu'il prétendit lui avoir été prêté par ses deux complices pour l'achat de la machine, il n'eût pas consommé le crime; la crainte de passer pour un chevalier d'industrie le fit persévérer dans son épouvantable résolution de tuer le roi.

Le dernier témoin de cette poignante histoire, la maison n° 50, surnommée la maison Fieschi, disparut une douzaine d'années plus tard pour faire place à une élégante construction qui porte aujourd'hui le n° 42.

IX

Les derniers beaux jours du boulevard du Temple.

Après 1830, M. Allaux aîné, le même qui avait eu le privilége du Panorama dramatique, obtint, à titre de récompense de travaux importants, le privilége d'un nouveau théâtre appelé les *Folies-Dramatiques ;* d'abord quelques difficultés s'élevèrent pour la construction de cette salle sur l'emplacement de l'ancien Ambigu; on craignait les funestes effets d'un incendie; aussi dut-il être isolé : il fut bâti sur les plans de M. Allaux, architecte habile autant que peintre de talent.

Ce théâtre, créé par une société d'actionnaires, à la la tête desquels était M. de Cournol, fut livré au public le 22 janvier 1831, sous la direction de M. Léopold, auteur, qui céda bientôt la place à M. Mourier, commerçant, et connu comme auteur sous le nom de Valory. Le spectacle d'ouverture se composait de : *les Fous dramatiques*, prologue, et des *Quatre parties du monde*, mélodrame. Malgré les artistes de mérite qui composaient cette troupe, malgré la joyeuse Léontine qui chantait *la Parisienne* dans les entr'actes, le public ne prenait que difficilement le chemin du théâtre, lorsqu'en 1834, Frédéric Lemaître, qui, quelques années avant, avait créé *l'Auberge des Adrets* à la Porte-Saint-Martin, dans un des accès de découragement de sa carrière dramatique, endossa les haillons de *Robert Macaire*, et, pendant plus de trois mois, fit courir tout Paris au théâtre des Folies-Dramatiques.

Cet ouvrage fournit à Rébard l'occasion de se signaler dans le rôle de Bertrand, qu'il joua si comiquement, que ce succès lui valut l'entrée des Variétés. M. Mourier s'associa les frères Cogniard. On joua *la Cocarde tricolore*, *la Laitière de Belleville*, *les Cuisinières*, *la Courte paille*, et c'est de cette époque que date la prospérité qui depuis n'a jamais abandonné ce théâtre. Mais une clause mal expliquée dans l'acte d'association laissait à M. Mourier le droit de renvoyer du jour au lendemain ses associés ; il en profita pour porter seul la couronne directoriale. Dès lors, ses coffres se remplirent ; il renonça au drame, et son petit théâtre devint le meilleur de tout Paris. Aujourd'hui les *Folies-Dramatiques* sont considérées comme le *Palais-Royal* du boulevard.

Parmi les nombreuses pièces amusantes que la direction Mourier donna, on cite particulièrement : *la Fille de l'Air*, *le Retour du conscrit*, *Blanche et Blanchette*,

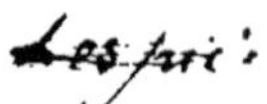

Sans Cravate, *les Bretelles*, *les Fumeurs*, *la Fille du Feu.*

Bernard-Léon, après avoir fait réédifier son théâtre comme par enchantement, mais ayant de trop lourdes charges, ne tarda pas à succomber, et, en 1837, M. le baron de Cès-Caupenne obtint l'autorisation de réunir sous un même sceptre les théâtres de l'Ambigu et de la Gaîté ; cette tentative ne fut pas heureuse, et M. de Cès-Caupenne se vit forcé de remettre son privilége entre les mains de MM. Montigny et Meyer, dont l'administration enregistra de nombreux succès : *la Belle Écaillère*, si bien jouée par la charmante Mlle Nongaret ; *le Sonneur de Saint-Paul*, *la Grâce de Dieu*, *le Sylphe d'or*, *les Sept Châteaux du Diable*, etc. En 1844, M. Montigny alla prendre la direction du Gymnase, et laissa M. Meyer seul directeur de la Gaîté jusqu'en 1852, époque à laquelle M. Hostein prit les rênes de la direction, et sut les tenir d'une main habile.

Malgré le succès de ses pièces militaires, le Cirque-Olympique ne pouvait se soutenir pour cause de désordre administratif; il dut fermer ses portes. M. Déjean s'étant fait adjuger, en 1837, la propriété et, par suite, le privilége de ce spectacle, le rouvrit ; c'est alors que ce théâtre eut le succès colossal de la féerie des *Pilules du Diable*, que tout Paris a vue... En 1844, M. Déjean céda sa direction à M. Gallois.

Vers cette même époque, une nouvelle petite salle était construite à la place du théâtre de Mme Saqui, exploité alors par M. Dorsay, qui avait substitué le drame et le vaudeville à la danse de corde. Cette salle s'appela :

les *Délassements-Comiques*, titre déjà connu sur le boulevard; mais ce théâtre n'était pas sur le même emplacement que son aîné. Le privilége des Délassements avait été accordé à MM. Ferdinand Laloue et Edmond Triquerie, ex-artiste du Cirque. Mais M. Laloue céda au bout d'un an, en 1842, ses droits à M. Ducré, marchand de soie, et ce dernier resta seul directeur, à la mort d'Edmond Triquerie. M. Ducré fut remplacé par M. Lajariette, qui mourut aussi. Alors M. Raimbeau, auteur de jolis vaudevilles, prit la direction; mais il ne fut pas heureux, et le théâtre ferma ses portes; en 1848, M. Raimbeau se retira honorablement, mais ruiné. Pendant ces directions, on peut citer : *le Panthéon charivarique, la Mercière, la Cuisinière mariée, les Baigneuses à Asnières, Quel est le plus bête? Georgina, le Dimanche d'une Grisette, Un Souper sous la Régence, la Sonnette du Médecin, les Trois militaires... plus un*, ouvrages qui obtinrent de légitimes succès.

Tandis que les scènes du boulevard éprouvaient des alternatives de bonnes et de mauvaises chances, un théâtre ne désemplissait pas; son directeur, M. Bertrand, faisait fortune, et M. Billon, qui lui succéda en 1842, l'imita.

Ce théâtre, c'était les Funambules; l'artiste qui motivait une pareille vogue, c'était Deburau, le plus spirituel de tous les pierrots, le mime au jeu fin et saisissant; Deburau, qui résumait en lui le théâtre des Funambules, car il était tout à la fois acteur, auteur, régisseur, décorateur, maître de ballet, etc... Deburau, le créateur du pierrot moderne, de cette pantomime folle, bizarre, saugrenue, qui amusa tout le monde... Ce qu'il y avait de vraiment remarquable dans son jeu, c'était l'intelligence animée, profonde, qui vivait sous ce masque de plâtre, apparaissant blanc et immobile... Jules Janin a dit quelque part de ce grand mime :

« Deburau anime le drame en regardant le public ; il y a des événements magiques dont vingt scènes ne pourraient peut-être pas faire comprendre le sens ; il les explique, il les commente, il les éclaircit, et le public est si soudainement illuminé, qu'à une des dernières représentations du théâtre des Funambules, nous avons vu la salle entière livrée à un rire convulsif, parce que Deburau avait souri. Tout ce monde savait qu'il jouait la pantomime. Eh bien! ceux qui ne l'avaient pas vu demandaient aux autres : *Qu'a-t-il dit?* » Chacune des créations de Deburau fut un succès ; et tous ses types resteront à jamais gravés dans la mémoire avec un souvenir de gaieté.

Un jour de fête publique, sous le premier Empire, c'est-à-dire un jour de victoire, Napoléon allait à Saint-Cloud tout seul ; par hasard, de sa voiture, il aperçoit, sur la route, un pauvre paillasse tout en sueur, à pied, et qui se hâtait d'arriver au lieu de la fête pour le spectacle en plein vent dirigé par sa famille.

Cela parut plaisant à l'Empereur qui pouvait avoir dans sa voiture un gentilhomme du vieux régime et un gentilhomme du nouveau, à volonté, d'y faire monter tout simplement un paillasse vulgaire, un paillasse de grand chemin. Aussitôt pensé, aussitôt fait... Tout à coup la voiture impériale s'arrête aux pieds du paillasse, la portière s'ouvre, Deburau monte, car c'était lui, et se voit face à face avec l'Empereur.

On devine sans peine que Napoléon, ce génie universel qui parlait guerre au soldat, science au savant, poésie au poëte, art à l'artiste, parla théâtre au paillasse.

Or, l'Empereur si puissant, qui faisait des rois, ne pouvait obtenir une bonne tragédie des écrivains de son époque; ne sachant pas de remède à cela, il voulut connaître l'opinion de ce paillasse, dont il avait deviné l'intelligence, sur le théâtre moderne et sur la faiblesse des grands poëtes de son règne.

Deburau hésita d'abord à répondre, mais l'Empereur insista, et il dit : « Sire, ces messieurs auraient été bien » plus grands poëtes si, au lieu d'écrire des tragédies, ils » s'étaient contentés de faire des pantomimes. »

Cette réponse renfermait toute une satire... Deburau au plus fort de ses succès, au moment où la fortune semblait lui sourire, fut enlevé au public qui l'adorait : le 17 juin 1846, il mourut des suites d'une chute faite dans les dessous du théâtre... Ce fut un jour de deuil pour le boulevard du Temple... Mais l'habile directeur M. Billon, ne se découragea pas, et dit : Deburau est mort, vive Deburau !... En effet, le digne héritier du grand comédien, n'était-il pas là? Charles Deburau, qui devait voir revivre en lui la gloire de son père, débuta le 4 novembre 1847, dans *les Trois planètes*, la foule, accourue au nom d'un artiste aimé, le reçut avec enthousiasme dès son apparition en scène, en sortant d'un navet, et, après le spectacle, le porta en triomphe jusque chez lui.

Pendant que ce côté du boulevard suivait une marche progressive pour conserver l'affection du public et son ancienne renommée, le côté opposé, quoique moins favorisé que son frère, n'était pas stationnaire ; le restaurant du *Cadran-Bleu* était en grande réputation; son voisin, Bonvalet, de petit marchand de vins, était devenu traiteur apprécié des gourmets et des gourmands. Le *Café Turc* était le lieu de rendez-vous des plus forts joueurs de billard de tout Paris.

Musard avait eu l'heureuse inspiration d'ouvrir un bal-concert, et avec sa baguette magique dirigeait un excellent orchestre qui électrisait tous les mélomanes de la capitale. Mais ces succès empêchaient de dormir un jeune maestro nommé *Jullien* qui voulut éclipser Musard, ce roi du quadrille;... le Jardin Turc, peu fréquenté, fut transformé en jardin-concert monstre, dirigé par Jullien...

Musard avait innové la musique à coups de pistolet ; Jullien inventa les ouvertures à coups de fusil ; ainsi, dans *le Massacre de la Saint-Barthélemi*, morceau de sa composition, on entendait la fusillade se mêler aux soupirs des mourants, fort bien imités par les bassons... Enfin, il poussa la vérité de l'exécution, jusqu'à faire partir un petit canon placé à côté de lui et auquel il mettait le feu lui-même ; aussi ses concerts firent-ils beaucoup de bruit sur le boulevard.

Jullien composa un grand nombre de quadrilles ; il ne travaillait qu'à minuit dans une chambre tendue de noir et ornée de larmes d'argent; plus il y avait de larmes, plus sa musique était gaie. Il prétendait qu'on ne pouvait bien conduire un orchestre qu'en gants blancs, aussi était-il toujours parfaitement ganté... Un jour, il chassa avec mépris un second chef d'orchestre qui avait osé conduire une valse sans prendre de gants... Comme tout a une fin, la vogue des concerts du Jardin Turc diminua, et Jullien alla planter sa tente aux Champs-Élysées, puis partit pour Londres. Alors le propriétaire du Jardin Turc vendit une partie de ce terrain sur lequel on construisit deux superbes maisons.

Dans l'ancienne roulette, le n° 110, au coin de la rue du Temple, et qui fut supprimée le 1er janvier 1837, lors de l'ordonnance du roi qui fermait les maisons de jeu, s'ouvrit un grand magasin de nouveautés, ayant pour enseigne : *Au Pauvre Jacques...* Mais sur le côté droit, l'hôtel Foulon disparaissait pour faire place à une nouvelle salle de spectacle appelée : *Théâtre-Historique*, où l'on ne joua en partie que les romans d'Alexandre Dumas, qui en était le titulaire. Deffieux ne se trouvant plus à l'alignement, quitta l'ancienne maison Henneveu, qui menacait ruine, éleva un beau bâtiment à la place, et alla s'établir au coin du boulevard Saint-Martin. La masure d'Hurpie, l'homme aux ombres chinoises, et de la mère Robinet, marchande de vins, n° 68, fut transformée par un physicien en salle propice à ses expériences publiques; il y avait un parterre et une première galerie. Le 20 février 1847, le Théâtre-Historique, dont la direction était confiée à M. Hostein, ouvrit par *la Reine Margot*, grand drame à spectacle. Ce fut un succès; ensuite parurent : *l'École des familles*, *Intrigue et amour*, *le Chevalier de Maison-Rouge*, *Monte-Cristo*, *la Ma-*

râtre, *Catilina*, *l'Argent*, *les Puritains*, *le Chevalier d'Harmental*, *Pauline*, *la Guerre des femmes*, *Urbain Grandier*, *le Comte Herman*. Cette longue série d'ouvrages du même auteur fut une des causes principales de l'insuccès de ce théâtre. Quel que soit le talent d'un écrivain, quelle que soit sa fécondité, il se ressemble toujours un peu, le public se fatigue du même style et devient indifférent, lui donnât-on des chefs-d'œuvre. Certains directeurs de théâtre devraient se pénétrer de cette vérité et songer qu'en ne jouant obstinément que deux ou trois auteurs, ils annihilent des intelligences qui ne demandent qu'une petite part du feu de la rampe pour se produire... Ce n'est pas pour favoriser quelques personnes aux dépens de tous, qu'on leur a donné des *priviléges*. Après 1848, M. Hostein se démit de sa direction et fut remplacé par M. Alexandre Dumas qui, à son tour, céda la place à M. Doligny, le 1er juillet 1850, et ce dernier se retira bientôt en laissant à ses successeurs, MM. Dollon et Max de Rével, un passif énorme. Cette nouvelle direction vécut quelques mois et fit faillite.

Pendant ce temps, M. Adam, compositeur populaire, avait obtenu le privilége d'un troisième théâtre de chant, et, profitant de ce que M. Gallois, directeur du Cirque, avec sa féerie, *la Poule aux Œufs d'or*, ne faisait pas d'argent, traita avec lui de son théâtre, acheta ses nombreux et riches décors, ses magnifiques costumes, et le 15 novembre 1849, ouvrit sous le titre : d'*Opéra National*, par *Gastilbeza*, opéra de Maillart... Après la faillite des directeurs de l'Historique, M. Edmond Séveste, ayant remplacé M. Adam dans son privilége de l'Opéra-National, s'installa dans cette dernière salle, qui prit le nom de *Théâtre-Lyrique*... Les partitions de : *Mariquita, la Perle du Brésil, la Butte des Moulins, Joanita,* habituèrent le public à reprendre le chemin de ce théâtre. La mort vint enlever le directeur à ses succès; il fut remplacé dans la direction, par M. Jules Séveste, jusqu'en 1856, où le théâtre passa entre les mains de M. Perrin, directeur de l'Opéra-Comique, qui réunit sous un même sceptre ces deux scènes et qui, enfin, se démit du Théâtre-Lyrique, en faveur de MM. Roqueplan et Ce, lesquels, à leur tour, cédèrent bientôt la position à M. Carvalho. Cet impresario dota le boulevard de sa plus brillante étoile : son épouse, Mme Miolan-Carvalho, remarquable autant par le talent que par l'aménité de son caractère et sa modestie indulgente, priviléges des grands et vrais artistes seuls... Que de succès le théâtre ne dut-il pas à cette éminente cantatrice ! et cependant après cinq années d'exploitation, le directeur, accablé par de trop lourdes charges, se retira, mais honorablement, en payant tout le monde. Alors M. Réty lui succéda dans la direction.

Parmi les nombreuses partitions dont ce théâtre enrichit le répertoire musical, on peut citer, à la suite de celles déjà désignées : *Si j'étais Roi, le Roi des Halles, les Amours du Diable, le Bijou perdu, la Poupée de Nuremberg, Georgette, la Promise, le Muletier de Tolède, la Fanchonnette, une Nuit à Séville, les Dragons de Villars, la Reine Topaze, Faust, Orphée, le Collier de perles, la Chatte merveilleuse,* etc.

Les compositeurs qui se firent le plus remarquer par leur

talent, sont : MM. Félicien David, G. Duprez, Boïeldieu fils, Adam, Maillart, Grisart, Clapisson, F. Barbier, Gautier, Gevaert, Massé, Barré, Reyer, Gounod, Wekerlin, etc.

Après le départ de l'Opéra-National, le théâtre du Cirque reprit son ancien genre, sous la direction de M. Meyer, qui céda la Gaîté à M. Hostein ; mais, pour des raisons de santé, M. Meyer dut se retirer quelque temps après, et M. Billon, le directeur des Funambules, entra en possession du théâtre impérial du Cirque, en 1853. Mais à l'expiration de son privilége, le ministère ne voulut pas le lui renouveler, et M. Hostein, qui avait cédé la Gaîté à M. Harmant, le directeur actuel, homme intelligent, actif et honorable, obtint le nouveau privilége du Cirque. Ce théâtre, sous ses différentes administrations, enregistra de beaux succès. *Turlututu*, *la Poudre de Perlimpimpin*, *Don Quichotte*, *les Sept Châteaux du Diable*, *le Diable d'Argent*, *les Guerres de l'Empire*, *les Maréchaux de l'Empire*, *Bonaparte*, *Masséna*, *la Prise de Pékin*, *le Bataillon de la Moselle*, et, en dernier, l'immense vogue de *Rothomago*...

Le théâtre de la Gaîté ne resta pas en arrière de ses voisins pour les succès, malgré ses changements de directions : *les Cosaques*, *Cartouche*, *le Courrier de Lyon*, *la Petite Pologne*, *les Pirates de la Savane*, *le Médecin des Enfants*, *les Crochets du père Martin*, *Paillasse*, *le Sergent Frédéric*, *Vautrin*, *le Canal Saint-Martin*, *le Crétin de la Montagne*, *le Savetier de la rue Quincampoix*, *l'Escamoteur*, *les Oiseaux de proie*, *André Gérard*, *Christophe Colomb*, *la Fille du Paysan*, etc., sont là pour en faire foi.

Le théâtre qui se maintint toujours dans d'excellentes conditions de recettes, fut les Folies-Dramatiques ; après 1848, lorsque le commerce était un vain mot, que les directeurs étaient aux abois, dans une assemblée particulière, ces messieurs voulaient solliciter un secours du ministre ; M. Mourier, directeur des Folies, fut le seul qui refusa de souscrire à cette demande, et dit, pour justifier sa conduite, à ses confrères étonnés : « Vous êtes tous en perte, et j'ai gagné trente mille francs net dans mon année ; il est vrai que tous les ans j'en encaisse le double, mais ce déficit est insuffisant pour apitoyer le ministre sur mon sort. »

M. Mourier paraissait devoir jouir encore longtemps de son privilége, quand, dans la soirée du 15 octobre 1857, après s'être promené devant son théâtre, avoir donné ses ordres à ses régisseurs, il rentra dans son domicile, sur le Boulevard, n° 42, vers les onze heures, et, se sentant subitement indisposé, se mit au lit... A une heure du matin il avait cessé de vivre, laissant à sa jeune veuve une fortune d'un million gagnée au petit théâtre des Folies-Dramatiques.

Un tel privilége était un véritable cadeau à faire à la personne à qui il serait accordé; cette personne, la seule qui ne l'eût pas sollicité, fut M. Harel, le neveu de la grande et illustre tragédienne Mlle Georges, le secrétaire du ministre d'État, juste appréciateur des qualités honorables du nouveau titulaire.

M. Harel prit possession de son privilége le 1er novembre, et rajeunit la vogue attachée à son théâtre.

Les derniers succès de la direction Mourier furent :

la Queue de la Comète, revue de 1853; *l'Enfant du Petit Monde, la Montre de Musette, Allons-y Gaiement*, revue de 1855; *Ah! quel plaisir d'aller aux eaux*, etc., et les principaux succès de M. Harel furent : *le Gilet, En avant, marche!* revue de 1856 ; *la Jeunesse du Jour, les Canotiers de la Seine*, le plus grand succès du théâtre; *l'Aveugle de Bagnolet, les Typographes parisiens, Vive la Joie et les Pommes de terre*, revue de 1859; *un Dimanche à Robinson, les Bourgeoises de Paris, l'Œuf de Pâques, Monsieur Croquemitaine, Monsieur, les Leçons de Betzy, Appartement à louer, la Crème des Domestiques, Batandier* et *les Adieux du Boulevard du Temple*.

En 1849, le théâtre des Délassements-Comiques, rouvrait ses portes sous la direction de M. Émile Taigny, le délicieux comédien qui fit les délices du public parisien au théâtre du Vaudeville, rue de Chartres; M. Taigny, dont le talent égalait la loyauté, réunissait, assurément, tous les éléments voulus de succès.

Lui et sa dame, si parfaite de distinction, d'intelligence et de manières gracieuses, jouaient de temps à autre ; c'était un puissant attrait pour le public; joignant à cela une troupe bien composée, comptant des artistes, comme Viltard, Alphonsine, donnant des ouvrages tels que *la Fille du Ciel, M. Martin, Rigolette, les Pages de Louis XV, le Cousin de Paillasse, l'Homme au Petit Manteau bleu, les Odalisques, Gâchis et Poussière*, revue; *Un Coin du Palais de cristal*, revue; *Chien et Chat, Voilà le plaisir, Mesdames!* charmante revue plus que centenaire; *Chérubin, le Bonhomme Diman-*

che, revue; *Une Soirée agitée*. Et cependant M. Taigny dut se retirer prudemment en 1853, et céder la fin de son privilége à M. Jamet, dentiste; mais il n'eut pas la main heureuse; car autant M. Taigny était intelligent, avait de savoir-vivre, autant son successeur était grossier et incapable... On le trouvait journellement attablé, dans son cabinet directorial, en compagnie de gens en blouse, à mines équivoques, buvant du vin à plein verre et fumant des pipes *culottées*.

Ce directeur n'eut qu'un succès dans sa carrière administrative, et encore contre son gré, ce fut la pièce : *Un Homme seul*, de MM. Charles Potier et Théodore Faucheur, et si bien exécutée par la gracieuse Mlle Mathilde et l'excellent comique Viltard. Ce vaudeville, reçu avant la direction Jamet, ne fut joué que par la force des événements et n'en eut pas moins plus de cent représentations.

Un jour, M. Jamet éprouvant le besoin de faire acte d'autorité et de paraître entendu au théâtre, à la répétition générale d'un grand ouvrage, avise, à l'orchestre, un musicien tenant un cor d'harmonie et restant sans jouer pendant une grande partie d'un long morceau de musique..... Alors, il s'avance gravement, interrompt l'exécution du morceau, et, interpellant le musicien, dit : — Monsieur, voici un temps infini que je vous observe et vous ne soufflez jamais dans votre instrument, tandis que vos camarades s'échinent à faire du bruit; votre conduite n'est pas tolérable : soufflez dans votre cor ou je vous mets à l'amende. — Mais, monsieur, répond l'instrumentiste, je compte des pauses. — Je ne vous paye pas pour compter des pauses! s'écrie le directeur d'un ton solennel... il eut un succès de fou-rire.

Comme M. Jamet, plutôt que de s'occuper de son théâtre, se mêlait de conspirer, il fut arrêté et mourut, à Mazas, après quelques mois de prison.

Alors, les artistes des Délassements jouèrent, en société, *les Moutons de Panurge*, pièce faite, à leur intention, par une vingtaine d'auteurs. Puis, le 29 octobre suivant, M. Hiltbruner, le nouveau privilégié, prit possession du théâtre. En trois années de direction, il monta quatre revues. *Vous allez voir ce que vous allez voir*, *Voilà ce qui vient de paraître*, *Dzing, boum, boum*, pièces faites par les plus habiles auteurs d'ouvrages de ce genre sur le boulevard, MM. Guénée et Potier; et *Allons-y tout de même*, de M. Jules Renard, auteur intelligent. Cependant M. Hiltbruner, n'étant pas satisfait de ses succès, après deux ans de direction, eut la funeste idée de faire reconstruire la salle. Non-seulement il perdit son hiver, mais encore il rendit sa salle impossible, c'était un puits où l'on voyait mal partout;... sa revue ne put être représentée que le 3 février 1856; malgré le succès de l'ouvrage, quoique Charles Deburau jouât une pantomime, les recettes baissèrent trop tôt... et, un an après, le théâtre était en faillite.

En 1850, M. Meyer loua, rue de Vendôme, une maison ayant une entrée, n° 41, sur le boulevard; de cette maison, où il y avait eu des bains, M. Meyer fit un bal qui porta son nom; mais il prospérait peu, lorsqu'en 1852, un artiste de mérite, acteur original, compositeur plein de verve, M. Hervé, proposa d'y créer un nouveau genre de spectacle, tenant le milieu entre l'opéra comique et le vaudeville, ce genre fut nommé d'abord scènette, puis opérette... Le bal fut transformé en théâtre, ayant une salle coquettement décorée, des places commodes, chose rare; on y donna des excentricités musicales tenant de la folie; aussi appela-t-on ce théâtre *Folies-Meyer*. Les dames du Café du Cirque, dont il sera parlé plus loin, s'y donnèrent rendez-vous, ou plutôt y donnèrent leurs rendez-vous... Comme bien l'on pense, il fallait moins que cela pour que les Folies-Meyer devinssent à la mode. M. Hervé se contentant de sa position d'artiste, compositeur-auteur, céda le théâtre à MM. Huard et Altaroche, deux hommes d'esprit qui vinrent, avec un privilége en règle, pour jouer des pantomimes et des opérettes, d'abord à trois personnages au plus; ensuite, ils obtinrent d'en avoir quatre, puis cinq, enfin, sans nombre limité. Le théâtre prit le nom de *Folies-Nouvelles*.

Il Signor Saltarello, *Don Quichotte et Sancho Pança*, *le Compositeur toqué*, ensuite, *le Sire de Framboisy*, chanté par Joseph Kelm, furent de bonnes folies qui attirèrent le public pendant des mois entiers.

Mais la mode n'a qu'un temps; M. Sary venait d'avoir le privilége des Délassements-Comiques; en homme d'imagination et qui veut à tout prix faire vivre un théâtre, déclaré impossible: il renchérit sur les Folies-Nouvelles: *Ces dames* vont dans cette salle, elles viendront sur la scène des Délassements, pensa M. Sary, qui aborda le genre de *pièces à femmes;* c'est-à-dire dans lesquelles paraissent de jeunes beautés, aux toilettes riches et élégantes, aux costumes aussi légers, aussi écourtés que

M. le censeur le permet. Le théâtre des Délassements hérita de la vogue des Folies-Nouvelles ; or, MM. Huard et Altroche, voyant leur étoile baisser, se découragèrent et cédèrent la place à un successeur plus heureux : ce successeur est le fils d'une artiste dont le nom aimé est connu de tout Paris, de toute la France, de toute l'Europe; d'une artiste au mérite incontestable, hors ligne, toujours jeune, frais, entraînant, vivant d'un printemps éternel : de Mlle Déjazet... et la salle des Folies-Nouvelles s'appela *Théâtre-Déjazet.* Le privilége fut donné aussi large que possible : comédie, opérette, vaudeville, tout fut permis. Le directeur, aussi bon compositeur qu'intelligent administrateur eut, dans sa direction, de grands succès : *Fanchette*, *les Trois Gamins, Garat*, *les Prés Saint-Gervais*, ces trois derniers ouvrages créés par l'éminente comédienne qui ajouta de nouveaux fleurons à sa couronne artistique, ornée déjà de tant de riches joyaux. La pantomime disparut de cette scène et n'eut plus de refuge que dans les Funambules ; hélas ! ce petit théâtre était entre les mains de M. Dautrevau, directeur indifférent, qui le livrait aux farces de mauvais goût d'un acteur commun, car Charles Deburau n'y était plus depuis quelques années.

Quant au boulevard du Temple, dont la chaussée avait suivi le progrès en abandonnant ses pavés pour une innovation qui n'est pas plus heureuse que propre, il ne possédait plus le poste de la *Galiote*, démoli, l'échoppe de *Roger-Bontemps*, exproprié. Un dompteur d'animaux sauvages avait fait élever, sur cet emplacement, une grande baraque, et donnait des séances dans lesquelles il luttait avec ses pensionnaires. Le descendant de Martin, n'ayant plus qu'un seul spectateur fidèle et assidu, un Anglais avide d'émotions qui voulait se donner le spectacle de voir le lion ou le tigre dévorer le dompteur, partit pour Londres, toujours suivi de son Anglais qui, assure-t-on, éprouva l'émotion tant attendue, en Amérique.

A la place de la vieille maison Bancelin, fut bâtie une belle propriété, le terrain baissé permit à M. Dejean de faire construire le *Cirque Napoléon* sur la rue Basse, en 1850. Pendant ce temps d'autres choses se passaient plus loin; d'abord, un établissement *Duval* s'ouvrait près du Lyriqne. Duval, cet ingénieux boucher, qui inonde Paris de bouillon, le rassasie de bœuf, de gigot, de rôti, et qui n'a rien moins qu'un vaste restaurant aux succursales multipliées et peuplées de jolis bataillons féminins qui mettent en appétit les consommateurs, eut la pratique de tout le monde dramatique du boulevard.

Non loin de là, le *Café du Cirque* avait sa spécialité. Cet établissement, désert tout le jour, le soir ne désemplissait pas... Au premier, se réunissaient les habitués paisibles : rentiers, propriétaires, commerçants; voyageurs, auteurs, acteurs, faisaient leurs parties de cartes ou de billard. Au rez-de-Chaussée étaient un essaim de beautés plus ou moins jeunes, envahissant les tables, prenant des demi-tasses, des petits verres de *fine champ*, fumant la cigarette comme un commis voyageur, folâtrant, se promenant sur le boulevard, toujours entourées d'admirateurs appelés vulgairement *gandins*, qui payaient la consommation et conduisaient ces dames, dans le principe, aux Folies-Nouvelles; après, aux *Délass-Com.*, abréviation de Délassements-Comiques.

Un autre genre de café venait de paraître : le *café-concert.* La petite maison voisine du Lyrique, transformée en salle de spectacle par un physicien qui s'était escamoté faute de pouvoir escamoter l'argent du public ; après avoir servi de théâtre de marionnettes à un sieur Maffet, lequel avait, à la porte, un nain, appelé *Monke,* qui chantait continuellement pour attirer les amateurs... qni ne venaient pas, s'était changée en café chantant; mais le chant, nuisant à la consommation, fut remplacé par une brasserie... puis un jour la galerie du premier disparut et un joli café tenu par M. Planchet, s'ouvrit aux consommateurs.

Mais après 1848, la passion des cafés-concerts ayant gagné tout Paris, le boulevard du Temple devait avoir le sien; alors, non loin du passage Vendôme, parut le *café-concert* dit *Café du Géant.*

Ce genre d'établissement se compose généralement d'une grande salle ornée, au fond, de tréteaux avec un rideau de théâtre... sur ces tréteaux sont assises six dames parées, fardées, ressemblant à des poupées (sans jeu de mot) placées pour faire galerie. Autour de plusieurs rangs de tables, le public est entassé, fumant et buvant de mauvaises consommations qu'il paye fort cher. Quatre pauvres crincrins et un individu placé devant une épinette gratifiée du nom pompeux de piano, écorchent une ouverture quelconque ; puis un monsieur en gants, jadis blancs, en habit noir lustré, vient brailler quelque chose qu'il appelle une cavatine : c'est le ténor ou le baryton ;

ensuite une grosse dame de la galerie se lève en minaudant, s'avance et, tout en faisant de l'œil aux amateurs, miaule, avec une foule de chats dans la gorge, n'importe quoi d'endormant qu'elle qualifie de romance : c'est la chanteuse légère. Alors paraît un autre monsieur, également en habit noir, mais plus lustré que le précédent; en revanche les gants sont entièrement sales; il débite, d'un ton aigu qui vous perce le tympan, d'insipides absurdités accompagnées d'affreuses grimaces qui font peur aux petits enfants: c'est le comique... Enfin, pour le bouquet, une grande perche, toujours de la galerie ; se lève, s'approche avec majesté, ouvre une grande bouche, pousse de grands cris à faire dresser les cheveux, roule de grands yeux, étend de grands bras, chante dans le haut, chante dans le bas, chante partout; et le public enchanté de la forte chanteuse et de son grand air, sort pour prendre un air plus frais et rentrer chez lui, « jurant, mais un peu tard, qu'on ne l'y prendra plus. Au café du boulevard, dans les entr'actes, un colosse se promène gravement, fait le tour de la salle sans mot dire, prend sa prise et disparaît : c'est le géant... Quand celui-là est las de se promener, il part; un autre géant le remplace immédiatement, le maître de l'établissement en ayant une fabrique toute spéciale, avec brevet s. g. d. g.

X

1862. Les artistes de nos jours.

Le commencement de cette année a été signalé par un changement de direction qui a relevé un théâtre en pleine décadence. M. Dautrevau, directeur des Funambules se démettait de son privilége en faveur de M. Dechaume, homme honorable, actif, laborieux, qui voulait ramener cette scène à son glorieux passé, son premier acte administratif a été un coup de maître : Le retour de Deburau, la personnification de la pantomime moderne, et gracieuse ; Deburau dont la mobilité du visage est des plus surprenante, exprimant presque sans gestes, tout ce qu'il veut dire, traduisant toutes les nuances depuis la joie jusqu'à la douleur ; agile comme un clown, adroit comme un escamoteur, léger comme un sylphe, ne laisse rien à désirer au public.

Après 1830, un sieur Gallet imagina de vendre dans les salles de spectacle et à la porte des théâtres avant l'ouverture des bureaux, des pièces de comédie et parvint à en débiter jusqu'à quatre et cinq cents par jour, bénéfice net : 15 à 20 fr. Dans l'espace de dix-huit ans, son commerce prospéra si bien qu'il put s'établir marchand de curiosités. Pour lui succéder dans cette difficile industrie, il fallait un homme intelligent, ce fut M. Dechaume qui, en peu de temps, devint *le roi des vendeurs du boulevard;* rien ne lui étant impossible, il entreprit la vente générale dans les salles de spectacle, s'établit libraire, obtint un brevet d'éditeur; aujourd'hui il est propriétaire en société avec son ami Charles Deburau, d'une grande et belle maison : tel est l'homme qui prenait les Funambules.

Le 1er mars, après quelques jours de fermeture, le théâtre ouvrait ses portes sous la nouvelle administration, c'était jour de fête aux Funambules; l'affiche annonçait la rentrée de Deburau!... Toutes les grandes places étaient louées; les portes assiégées deux heures avant l'ouverture des bureaux, témoignaient de l'impatience du public, la salle, fut en un instant, littéralement pleine; en attendant le lever du rideau, le public en masse et tout d'une voix criait en cadence : Deburau! Deburau!... Dans *le Père Funambule*, prologue-vaudeville, le rondeau suivant produisit un grand effet :

De tous les temps, cet art que l'on estime,
Sut amuser, parler au cœur, aux yeux;
Et l'on a vu plus d'un excellent mime
Laisser un nom illustre, glorieux.
Dans la splendeur de notre Rome antique,
Un beau talent, Roscius, eut le don
De pousser l'art presque jusqu'au magique,
En traduisant par gestes Cicéron.
Plus tard aussi, la nombreuse famille
De ces acteurs, chers au peuple romain.
Vit prospérer et Pylade et Batylle.
L'empir' mourut et l'art périt soudain.
Après un temps de terreur artistique,
La pantomime eut de nouveaux succès;
Et par son jeu gracieux ou comique
Sous Charles Six divertit les Français.
Se confondant dans nos mœurs, nos usages,
Elle resta... mais un homme nouveau
Devait un jour tracer de belles pages
Dans son histoire, et c'était : DEBURAU.
Mil huit cent trente alors vit ses préludes,
Sans rappeler chaque création,
Je citerai quelques belles études
De ce talent plein d'observation.

Lutin femelle est l'une des réformes
Qu'il apporta, car ce franc savetier,
Ce diable à quatre, en restant dans les formes,
Fut applaudi de Paris tout entier.
Tout différent il parut dans le rôle
Du paysan d'*Amour et Désespoir*.
Son jeu naïf, son désespoir si drôle,
Si naturel nous charma chaque soir.
Se transformant alors, *Ma Mère l'Oie*
Fut un succès des plus beaux, des plus grands.
Petits enfants, Pierrot fit votre joie,
En amusant aussi les grands enfants.
N'oublions pas *Noir et Blanc*, genre étrange
Né de l'Égypte; il rembrunit les traits.
Puis aussitôt *le Songe d'or* nous change
Notre Pierrot en un vrai type anglais.
Où le public put à son gré s'ébattre,
C'est dans *Perrette ou les Deux Braconniers*,
Voyant Pierrot, brave avant de combattre,
S'enfuir devant les ombres des gibiers.
Ensuite vint la pièce : *les Épreuves*,
Genre espagnol, rappelant Beaumarchais.
De ton talent, en nous donnant les preuves,
Pierrot-Basile à ton but tu marchais.
Enfin j'arrive au *Marchand de Salades*,
Puis au Jean-Jean dans *les Jolis soldats*.
L'un, vrai conscrit de nos franches parades;
L'autre un finot qui fit rire aux éclats.
Si chaque rôl' pour l'art est un modèle,
Qu'avec talent sut tracer à longs traits
Le grand artiste, un héritier fidèle
Avec respect a gardé ses portraits.
Digne héritier de cet artiste illustre;
Ramène-nous ce temps heureux et beau ;
Avec succès, tu soutiendras le lustre
De ce grand nom ; n'es-tu pas DEBURAU ?

THÉODORE FAUCHEUR.

Bientôt vint le tour de la pantomime *le Rameau d'Or*, tant attendu : au deuxième tableau, une porte tournant sur elle-même, présenta Deburau. Décrire la pluie de bouquets, de couronnes qui, de toutes parts, envahirent la scène, les bravos, les cris, les trépignements enthousiastes qui retentirent de tous côtés, est chose impossible... Deburau, en proie à une vive et bien douce émotion, ne pouvait contenir ses larmes. Ce fut un beau triomphe que cette rentrée.

Deburau créa ensuite, *les Fourberies de Pierrot*, comédie-pantomime, en 4 tableaux, amusante et de bon goût, indiquant la voie de progrès adoptée par le nouveau directeur. Dans cette création, Deburau se surpassa, il atteignit le plus haut degré de l'art; à l'exemple des grands artistes, des artistes exceptionnels qui jouent des rôles à travestissements, il parvint à représenter des types différents sans le secours de la parole : Tour à tour Pierrot léger et coquet, bonne grosse nourice cauchoise, petit-maître musqué, franc marin, notaire grippe-sous et gourmand, il sut donner à chaque physionomie un cachet de vérité qui surpasse l'imagination; pour lui il n'est plus de difficulté possible.

La nouvelle direction, voyant le public venir applaudir à ses efforts, se frottait les mains de satisfaction, quand un bruit désastreux se répandit sur le boulevard, et ces mots : La démolition aura lieu cette année!... dans trois mois!... jetèrent dans l'abattement, les directeurs, les artistes, les employés, les marchands... Les Folies-Dramatiques avaient joué les *Adieux du boulevard du Temple*, les Funambules donnèrent *les Mémoires de Pierrot*, pièce *d'adieu au boulevard du Temple*, grande pantomime-vaudeville en 20 tableaux avec trucs, décors, costumes, danses.

Deburau passait en revue les principaux rôles de son père et les siens, changeant vingt fois de caractère, de costume. Il eut un succès immense. Les journaux parlèrent avec éloge de l'ouvrage et de l'artiste ; le théâtre fit des recettes colossales. Mais les affiches de *matériaux à vendre* étaient placardées partout, sur les murs ; les théâtres annonçaient leurs dernières représentations, le public se pressait en foule sur ce boulevard dont il allait être bientôt privé ; déjà le Théâtre-Lyrique et les Délassements avaient clos leurs portes, l'un pour aller rue de Provence, l'autre pour ses vacances annuelles. Le dernier jour du boulevard du Temple parut (15 juillet), sa dernière heure sonna (minuit)... Le lendemain les déménagements commencèrent, la Gaîté seule joua jusqu'à la fin du mois. Le théâtre du Cirque alla prendre possession de son nouveau local, avec le nouveau nom de *Théâtre du Châtelet* et continua les représentations de son succès du jour : *Rothomago*. Les Folies dramatiques se reposèrent en attendant leur nouvelle salle, rue du Bondy.

Les Funambules disparurent sans connaître leur sort... La pantomime ne peut périr... On doit conserver ce genre primitif, ce principe du théâtre ancien, de l'art dramatique trop négligé par la généralité des artistes, car la pantomime est une seconde parole que doit connaître un bon comédien. Paris artiste serait incomplet sans un théâtre de pantomime : rajeunissez, perfectionnez le genre, mais ne le détruisez pas. Tous les théâtres n'ont-ils pas commencé par jouer la pantomime, voire même la Comédie Française lorsqu'elle s'appelait les *Variétés-Amusantes*.

BIBLIOTHÈQUE NATIONALE B.F.

Le théâtre de la Gaîté inaugura sa nouvelle salle des Arts-et-Métiers le 3 septembre par *la Gaîté aux Arts-et-Métiers*, charmant prologue de M. Jules Renard. La pièce renfermait de jolis couplets, était amusante, et bien jouée par Mme Derval, qui chantait avec goût et disait avec intelligence un rôle à différentes physionomies, par MM. Derville que distinguent de précieuses qualités de comédien ; Lemaire, qui n'avait que deux scènes, mais qu'il joue parfaitement. MM. Zimmer, Thierry, Mallet et Mmes Jéault, Pellerin, Santon, tenaient bien leurs rôles.

Le Château de Pontalec, drame impossible, était joué par MM. Berton, le comédien par excellence, Clarence, Manuel, Leroy, Christian, Lemaire, et par Mmes Lia-Félix, si noble, si belle dans ses élans dramatiques ; Juliette Clarence, au jeu plein de candeur, Talini, Derval ; tous artistes remarquables, à qui il a fallu un mérite exceptionnel pour si bien jouer une aussi mauvaise pièce.

En même temps que les théâtres, les cafés du Cirque, des Folies, de la Gaîté, la maison de Nicolet, ont disparu. La démolition s'arrête pour le moment, d'un côté, au Café Achille, rendez-vous des artistes, n° 48, et de l'autre côté au Café Planchet, n° 68. Les Cafés du Lyrique, des Mousquetaires et Hainsselin restent provisoirement, ainsi que Duval.

La salle du Théâtre-Lyrique, élevée dans le principe pour jouer le drame, reprend son genre primitif, sous la direction de M. Brisebarre, auteur d'un grand nombre de charmants vaudevilles et de plusieurs drames d'un certain mérite, il est digne, sous tous les rapports, de la sympathie du public.

Principaux Artistes qui, depuis 1830 jusqu'à 1862, parurent sur les Scènes du Boulevard du Temple.

Théâtre-Historique. — Messieurs : Mélingue, beau comédien, statuaire ; Laferrière, jeune et frais talent ; Rouvière, riche nature d'artiste ; Bignon, Lacressonnière, bons comédiens ; Derisel, Clarence, Alexandre, Peupin, etc.

Mesdames : Hortense Jouve, Atala Beauchène, Mayet, morte, hélas ! trop jeune ; Lacressonnière, toutes artistes possédant autant de talent que de charme.

Théâtre de l'Opéra national et Lyrique. — Messieurs : Chenest, Laurent Junca, Lagrave, Fosse, Chapuis, Talon, Carré, Michot, Bataille, Balanqué, Pauly Monjauze, excellents chanteurs, artistes de mérite ; Chollet, le grand et beau comédien, de l'Opéra-Comique, en représentation ; Grignon père et fils, Neveu, Achard, Leroy, excellent laruette ; Mouchelet, Meillet, Delsarte, Belcour, Chéri, Prilleux, Vallad, Colson, Hetzel, Wartel, Girardot, Delaunay, artistes consciencieux.

Mesdames : Duprez, digne héritière de l'illustre ténor ; Colson, Petit-Brière, Meillet, agréables chanteuses ; Émilie, Lemoine, Sophie Noël, Marie Cabel ; Pauline Viardot, grande artiste lyrique ; Miolan-Carvalho, cantatrice du plus haut mérite ; Lavoie, savante musicienne ; Faivre, Girard, Guichard, Wekerlin, Vadé mère et fille.

Théâtre de la Gaîté. — Messieurs : Francisque aîné, artiste d'un grand talent et que l'on regrettera toujours ; son frère, Francisque jeune, dit le Hutin, l'enfant gâté du public ; Delaistre, grande intelligence artistique ; Joseph, Deshayes, Saint-Marc, Surville, bons acteurs ;

Serres, célèbre par sa création de Bertrand dans *l'Auberge des Adrets;* Dubourjal, talent varié; Gouget, bon jeune premier; Albert, comédien rempli d'intelligence; Charlet, Frédéric Lemaître, premier comédien de l'époque, en représentation; Bignon, Laferrière, talent et jeunesse éternels; Paulin Ménier, immortalisé dans *le Courrier de Lyon*, grande conception artistique, Fosse, Lacressonnière, Arnauld, Febvre, Josse, Clarence, beau comédien; Berton, artiste digne de la Comédie Française; Dumaine, beau premier rôle; Charles Pérey, artiste plein d'âme; Emmanuel, bon père noble; Manuel, Léon Leroy, Latouche, Perrin, Lemaire, Derville, Lemaître, comédiens de mérite; Alexandre, parfait comique; Lacroix, Gaspart, Desrieux, Charles Dalhaiza, Lequien, Zimmer, Lamy, Veniat, acteurs remplis de zèle; Hyacinthe, Mallet, Beuzeville, Marsigny.

Mesdames : Clarisse Miroy, intelligence d'élite; Leménil, Mélanie, Léontine, Abit, Freneix, artistes aimées à juste titre; Sarah Félix, de regrettable mémoire; Jamini, Darmont, Stéphanie, Chéza, Cortez, Lagrange, Pauline, Leroyer, Lovely, Jéault, bonne duègue; Déjazet, le printemps éternel, en représentation; Doche, en représentation; Lia Félix, digne sœur de la grande tragédienne; Lacressonnière, Arnault, Juliette Clarence, excellente comédienne au jeu plein de charme; Talini, beau premier rôle rappelant la célèbre Mlle Georges; Marie Delaistre, bon sang ne peut mentir; Lacroix, Desmonts, Duverger, Garrique, Derval, belles intelligences; Anaïs Moré, de Ferté, Mongeal, Mathilde.

Théâtre du Cirque. — Messieurs : Signol, Lebel,

Williams, deux excellents comiques; Laurent, Dupuis, Hoster, Sallerin, Chéri, Gautier, Henri, Edmond Galand, artiste intelligent; Patonnelle, Théol, Arnold, Barbier, Fleury, Vizentini, Doutreville, Poirier, Taillade, beau talent de composition; Laferrière, en représentation; Boileau; Boutin, parfait comique; Colbrun, Cost, Clément-Just, Luguet, Mangin, Parade, Lemonnier : bons artistes.

Mesdames : Gautier, intelligente et bonne artiste ; Pélagie, Sophie, Roussel, Clorinde, Méchin, Laudié, Davenay, Clara, Brunswick, Duplessy, Eudoxie Laurent, Page, charmantes artistes.

Théâtre des Folies-Dramatiques. — Messieurs : Dumoulin, Palaiseau, niais par excellence; Hippolyte Rey, Gaston, artistes non sans mérite; Charles Potier, fils aîné du célèbre Potier, auteur spirituel, artiste aimé du public, aujourd'hui l'un des premiers comédiens de Paris; Chol, bonne nature d'artiste; Blum, Armand Villot, son âge se perd dans la nuit des temps; Heuzey, Hoster, Rébard, Serres, bons comiques; Dorlange, artiste consciencieux, régisseur et homme de confiance, probe; Manuel, Valaire, Coutard, Christian, excellents artistes; Anatole, Arnold, France, acteur zélé; Patonnelle, Bois-selot, Blondelet, Belmont, Alexandre, Émile Viltard, nature exceptionnelle; Vavasseur, excellent comique, vrai Palaiseau; Mikel, Amyot, Desquels, Leriche, Rasset, Ringard, Formose, Calvin, artiste très-intelligent; Saverny, excellent jeune premier, bonne tenue; Jéault, Vigny, Grimes, parfaits de drôleries; Plum, Boyron, Markais, Guyon, comique de composition; Fraisant, Stanislas, Pelletier, Chandora, intelligents ; Camille, comique très-original ; Bertrand, Miller, Hoffmann, Paul Ginet, du talent.

Mesdames : Judith, Nathalie, noms aimés du public ; Houdry, bonne duègne ; Leroux, Angelina Legros, autant de talent au théâtre que d'esprit à la ville ; Meyer, Rosine Debrou, Kleine, Potier, maréchal, Adam, Adèle, Mina, Léontine, la joyeuse ; Chatillon, Bergeron, Clara, Florentine, Freneix, Volnays, Sophie, Dinah, Hélène, Bauchet, Bérout, Émériau, Deschamps, très-gracieuse ; Dubuisson, Céneau, Philippe, Duvar, Antonia, Sylvain, Darcy, Pauline, Jarry, gracieuse artiste ; Colbrun, Coutard, Desjardins, Marguerite, Roussel, Berranti, Boisgonthier, franche nature comique ; E. Laurent, belle femme, intelligente ; Leroyer, la perle du théâtre ; Clary, Deslile, Anaïs Miria, Holbé, Duchâtelet, Esther, intelligente artiste ; Céline Renaud, gracieuse et spirituelle jeune première remplie d'avenir ; Charlotte, Fleury, Léonie, Maria Bellamy, de l'intelligence ; Pascal, Anna, Félicie, Olympe, Masson, David.

Théâtre des Folies-Nouvelles, puis Déjazet. — Messieurs : Joseph Kelm, comique par excellence ; Hervé, artiste original, Dupuis, au jeu si naïf et si amusant ; Paul Legrand, Négrier, Vautier, Tissier, parfait de drôlerie ; Raygnard, comédien de premier ordre ; Leriche, Heuzay, Paër, artistes intelligents ; Legrenay, Tony, Dubois, Allart, Halbled, Camille, Bosquette, Lingé, Tourtois, Geoffroy.

Mesdames ; Déjazet, en représentation ; Géraldine, artiste de bon goût ; Paër, intelligente comédienne ; Boisgonthier, toujours excellente de naturel; Lemonnier, jouant avec esprit; Fillion, Gentière, Detornoy, Rey, Clémentine, Thibaut, Rita, Dumas, Nelson, A. Meyer, ayant de l'avenir; Dalby, Tranesy, Céline, Royer, Menty, Leroux, Louise, Antonia, Fanollios, Moïse, Bresch, Tissier, Thuillier, Hostier, Germaine.

Théâtre des Délassements-Comiques. — Messieurs : Sévin, Constant, Sagedieu, Raoul, Desormes, Émile Villard, Courtois, Daiglemont, Poizard, Markais, Renaud, Hubert, Rhéal, Dubief, Videix, Bourguignon, Plum, Utré, Blondelet, Demarsy, Marchal, Josse, Roch, Donatien, Gerpré, Carat, Bournier, Couty, Forestier, Tomery, Dalias, Singé, Gastineau, Thouvenot, Dinaux, Vinet, Ringard, Deprovers, Nevers, etc.

Mesdames : Darcourt, Éléonore, Bergeon, Bruvenal, Réal, Caroline-Bader, Ludovic, Marie Beauchêne, Léontine Duval, Gobert, Boudier, A. Brière, Breton, Estelle, Clara, Anna Boyer, Grassel, Félix Leroux, Vadé, en représentation ; Jane Esler, Alphonsine, annonçant toutes les deux devoir être un jour de grandes comédiennes; Adèle, Legros, Blanche, Mathilde, Emma-Rose, Cécile, Delphine, Anaïs Miria, Marie, Félicie, Julie, Masson, A. Cèbe, Jenny, Noblet, Clara, Hennecand, Anna, Villot, Marion, Pauline, Eugénie, Cézanne, Rosale, Marguerite, Cœluta, Lamy, Gabrielle, Valérie, Lequien, Rossi, Élisa, Dévillereau, etc.

Théâtre des Funambules. — Messieurs : Deburau, Laplace, Cossard, Frédéric, Derudere, Charton, Philippe, Cordier, Meunier, Germain, Pelletier, comique original très-aimé; Paul, Orphée, Étienne, Lehu, Victor,

Misseau, Paul Legrand, Charles Deburau, Vautier père et fils, Négrier, Guyon, Amable, Hippolyte, Kalpestri, Antoine, Pizarello, Mortreuil, Girardot, Créange, Rubel, Forestier, Ernest, Bunel, Arthur, Buislay, etc.

Mesdames : Joséphine, Céline et Victorine Joly, Rosalie, Béatrix, Thierry, Louise, Pauline, Raimonde, Eugénie Leroy, Julie, Leroy, Jenny, Henriette, Réparata, etc.

XI

Nos petits-neveux.

Du boulevard du Temple, il ne reste plus que le nom ; il n'est plus aucun vestige d'un passé dont la réputation était européenne.

On conserve un monument antique, un tableau ancien, pourquoi ne pas avoir conservé le boulevard du Temple dans ce qu'il avait de remarquable? N'était-ce pas, dans son genre, un monument ? N'était-ce pas un fidèle tableau des goûts et des mœurs de chaque temps ?

Le soir, le coup d'œil de cette vaste place décrivant un quart de cercle, garnie d'arbres, était admirable de gaieté, d'animation... Dès trois heures après midi, le public commençait à venir remplir les espaces préparés par des barrières placées devant chaque théâtre... A six heures, plus de huit mille personnes envahissaient le boulevard, formant des queues à perte de vue devant les bureaux, attendant avec impatience l'ouverture des portes des contrôles... La queue la plus grande indiquait le plus grand succès... Autour de cette foule innombrable circulaient : ici, des vendeurs de journaux, là, des marchands de billets; plus loin, des ouvreurs de portières de voitures, sans oublier les filous... C'était un mouvement perpétuel ; c'était tout un monde mu par une seule pensée : le théâtre !... Enfin le public entrait, et le trop-plein d'un théâtre profitait à son voisin, car le boulevard ne perdait jamais un spectateur; il suffisait d'avoir mis le pied sur son bitume pour ne plus vouloir partir.

Le boutiquier, le commerçant y venaient volontiers se reposer des tracas, des ennuis de la journée, et, loin de leur quartier, se confondant dans la foule, entraient au théâtre... L'ouvrier, achevant son modeste repas, arrivait sans façon en costume de travail, prenait une place à bon marché, ne craignant pas qu'une salle décorée avec trop de luxe ne fît remarquer son manque de toilette.

A des moments donnés, tout une population sortait pour respirer : c'était un entr'acte; alors cinquante marchandes, placées en ligne, invitaient les chalands à venir acheter, soit des oranges, des pommes, des gâteaux, des sucres d'orge, à se désaltérer en criant : Bière !... limonade !... la glace !... Dix cafés et dix marchands de vins étaient encombrés de consommateurs... C'était vraiment un bien curieux et bien réjouissant spectacle qu'un entr'acte sur ce boulevard, où tout le monde vivait, directeurs, auteurs, acteurs, employés, commerçants, marchands, vendeurs, ouvreurs de voitures, etc.!

Déjà les premiers jours du boulevard du Temple étonnent, ses premiers succès semblent des récits embellis à plaisir par une imagination prévenue, tel que fait un vieillard qui, rappelant ses souvenirs, parle de la jeune fille, objet de son premier amour, la voit dans sa pensée parée de mille attraits, tous plus séduisants les uns que les autres, et son esprit, gagnant les régions éthérées, la transforme en divinité que chacun doit adorer.

Eh bien! les souvenirs de cette promenade, de cet endroit de fête, se transmettront de famille en famille, de génération en génération... Dans un siècle, nos petits-neveux répéteront avec une sorte d'incrédulité ce qu'ils auront entendu dire par leurs grands parents; ils chercheront, mais en vain, la trace de ce boulevard si amusant, témoin de tant de prodiges, de tant d'événements, de ce boulevard exceptionnel, qui aura une bien curieuse page dans l'histoire des temps.

Pour eux, ce passé sera presque un chapitre de roman.

Pour leurs descendants, ce sera un conte des *Mille et une Nuits*.

FIN.

BIBLIOTHÈQUE NATIONALE

TABLE DES MATIÈRES

—

Pages.

Préface... 1

Origine du nom : boulevard du Temple.................. 3

Naissance du théâtre en France........................ 9

Le boulevard du Temple primitif....................... 11

Le boulevard du Crime................................. 30

La foire perpétuelle; Bobèche et Galimafré............ 39

Autre temps autre mode; le petit-neveu de Taconnet... ... 59

Le boulevard du Temple après 1830..................... 61

La machine infernale du boulevard du Temple........... 66

Les Derniers beaux jours du boulevard du Temple......... 73

1862; les artistes de nos jours....................... 93

Principaux artistes qui depuis 1830 ont paru sur les scènes du boulevard du Temple............................ 99

Nos petits-neveux..................................... 104

BIBLIOTHÈQUE NATIONALE
IMPRIMÉS

Paris. — Typ. Morris et Comp., rue Amelot, 64.

www.ingramcontent.com/pod-product-compliance
Ingram Content Group UK Ltd.
Pitfield, Milton Keynes, MK11 3LW, UK
UKHW020325250726
13967UKWH00004B/1857